恋した人は、妹の代わりに死んでくれと言った。
妹と結婚した片思い相手がなぜ今さら私のもとに?と思ったら
4
永野水貴
イラスト：とよた瑣織
TOブックス
JN073044

e n t s

イラスト／とよた瑣織
デザイン／伸童舎

c o n t

c t e r s

初恋

番人の身代わりを頼む

ウィステリア・
イレーネ＝ラファティ

異界＜未明の地＞の番人。ブライトに頼まれ、ロザリーの代わりに異界の番人となって以降不老となり二十三年間、聖剣サルティスとともに異界で暮らす。瘴気に耐性がある。

師弟

ロイド・アレン＝
ルイニング

ブライトとロザリーの息子、公爵家嫡男。アイリーンへ求婚するため、聖剣サルティスを求め異界へやってくる。ウィステリアに弟子入りする。魔法・剣術の天才。

欲しい

求婚

相棒

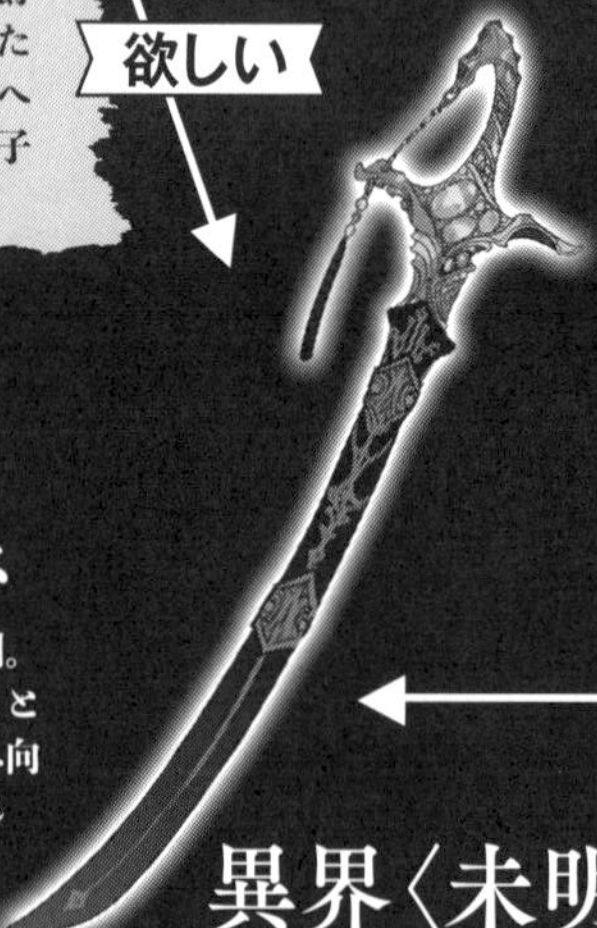

聖剣サルティス

言葉を解する伝説の聖剣。真の主のみが彼を扱うことができる。一人で異界へ向かうウィステリアを哀れみ、ともに異界へ行く。

異界〈未明の地〉

C h a r a

義理の姉妹

公爵家

親子

夫婦

ロザリー・ベティーナ＝ルイニング

ウィステリアの義妹で、ブライトの妻。元番人候補。

ブライト・リュクス＝ルイニング

ルイニング公爵家現当主。ウィステリアにロザリーの身代わりを頼む。その後ロザリーと結婚し、二男一女をもうける。魔法が使えない。

ベンジャミン＝ラブラ

異界＜未明の地＞を研究する第四研究所所長。ロイドの異界行きの手助けをする。若い頃、ウィステリアとともに研究をし、彼女を慕う。

特別視

アイリーン・シェリル＝マーシアル

第三王女。通称“白薔薇”と呼ばれる美しい女性。ロイドから求婚を受け、聖剣を手に入れることを条件とする。

S t o r y

初恋の人に頼まれ、義妹の代わりに、瘴気に満ちた異界＜未明の地＞の番人となったウィステリア。体の時間が止まったまま、二十年以上が経ったある日、異界の空から初恋の人の息子・ロイドが現れ、弟子として居座られてしまう。お互いを徐々に知っていく師弟の未来にあるものとは……。

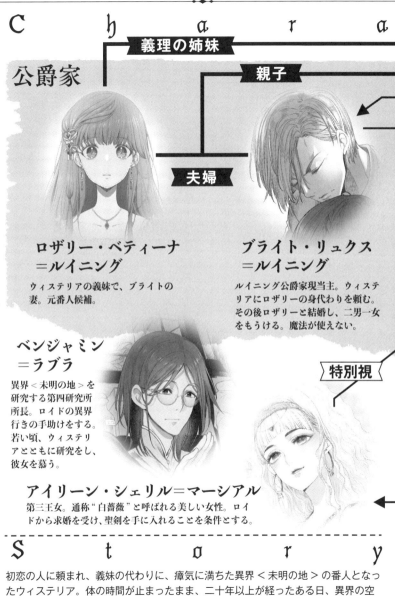

序章　愛する人のもとへ

——パリン、と砕ける音が耳をつんざき、ロザリーは小さく悲鳴をあげていた。

「奥様……！　お怪我はございませんか⁉」

「だ、大丈夫よ。ああ……」

侍女にとっさにそう答えながらも、ロザリーは手を胸の上で重ね、表情を曇らせた。

手から滑り落ちて割れたのは、思い入れのあるカップの一つだった。白磁に金と銀で美しい蔓《つる》と葉が描かれたそれは、昔、幼いロイドのためにと作らせたものだ。

ルイニング公爵家の家族全員の分が一揃えとしてあり、それぞれ色も模様も異なる。

——そのうちの、ロイドの分が割れた。

（不吉な……いいえ、ただの偶然よ）

不注意で手を滑らせてしまっただけだ、とロザリーは強く自分に言い聞かせる。

明るい思い出を呼び覚まして気分を紛らわせようと、いつもは触れない食器を手に取った。きっとそのせいだ。

侍女は使用人を呼び、割れたものの破片をすぐに片付けさせる。素早く欠片が集められ、運び出されようとしたとき、ロザリーはとっさに声をかけていた。

「破片を捨てないで。取っておいてちょうだい」

「ですが奥様、これは……修理は、難しいかと」

「……いいのよ」

使用人は困惑の表情を浮かべたものの、はい奥様、と恭しく返事をして下がっていった。

ロザリーの口から、重いため息がまたこぼれ落ちる。憂鬱感が増したが、これから会う相手のことを考えると、こんな陰気な顔は見せられない。

「そろそろ仕度するわ。しっかり着飾ってちょうだい」

笑顔を作って言うと、気心の知れた侍女もまた親しげな微笑みを返し、はい奥様、と明るい声で答えた。


長い赤毛を整えて結い上げ、花飾りのついた帽子をかぶる。品が良く落ち着きのある臙脂《えんじ》色のドレスに上質な革手袋をすれば、ルイニング公爵夫人らしい装いができあがる。

少しくすんだ色合いが控えめさと気品を表しつつ、描かれた精緻《せいち》な銀の刺繍は目を見張るようなもので、伴侶の色調をも連想させた。

公爵夫人の装いをまとったロザリーは自分の侍女を伴い、王都でもっとも重要にして豪奢な建物、エスシアル王宮へ向かった。

正門の向こう、広大な庭まで馬車で乗り入れて降りると、王宮側の侍女たちが丁重にロザリーを迎えた。みな質の良い衣装をまとい、静かな気品を感じさせ、王女に仕える者だとすぐにわかる。

ロザリーはその侍女たちの後についていった。――今はもう、若い頃のように臆することもない。王宮に招かれることも、丁重に扱われることも当然の権利として受け止め、堂々と振る舞うことができる。

案内された場所は、美しい中庭だった。巨大な絵画のように完璧に配置された草木と花の中、咲き誇る白薔薇の一画が特に目を引いた。

――その白薔薇の前に、ほっそりとした一人の女性が立っている。流れる亜麻《あま》色の髪が陽の光を浴びて金色に輝き、まばゆいほどだった。

敷地内とはいえ帽子を被らないのは、この美しい髪を隠すほうが無作法になるからだろう。ロザリーの脳裏に、そんな考えがよぎった。

「殿下。公爵夫人がいらっしゃいました」

案内役をつとめた侍女が声をかけると、輝く亜麻色の髪の王女――アイリーン・シェリル＝マーシアルが振り向いた。

薔薇の葉よりも瑞々しく鮮やかな翠《みどり》の目が、ロザリーを見る。

ロザリーはドレスの裾をつまみ、軽く腰を落として頭を垂れる。

「来てくれて感謝するわ、夫人。どうしてもあなたと話がしたいと思ったの」

「光栄です、殿下」

ロザリーは微笑んだ。宮廷人に向ける儀礼的なものとは違い、自然と浮かんだ表情だった。

――《王家の白薔薇》と呼ばれる、美しく棘も併せ持つこの王女のことは決して嫌いではなかった。

白薔薇の咲き誇る一画を望めるテーブルに案内され、ロザリーは王女と向き合う形で席についた。

すぐに、飲み物と軽食が運ばれてくる。美しい茶器に一瞬だけ朝の出来事が頭をよぎり、ロザリーの頬は少し強ばる。湯気と共に華やかな香りが立ち上ると、ロザリーはそれに意識を向けて緊張を解いた。

先に、アイリーンが切り出した。

「領地のほうにしばらく戻ると聞いたわ」

ロザリーは目を上げた。

――咎《とが》められているのだろうかと思い至り、困惑する。

返答に迷いながらも、はい、と答えた。

「この時期に、とお思いでしょうが……」

「いいえ。夫人の心労はわたくしにも理解できます。愛妻家と名高いルイニング公のことです、公もあなたを静養させたいと考えているのでしょう」

皮肉でもなく、アイリーンはただ思うところを率直に述べているようだった。

この状況で王都を離れようとする自分を恥じる気持ちと、この王女にまで夫の過保護を知られている気恥ずかしさとで、ロザリーは苦笑した。

――少し休んだほうがいい、と言い出したのは夫のブライトだった。

予定を大幅に過ぎても帰還しない息子。生きているのか死んでいるのか、どこにいるのかすらもわからない状況が続き、ロザリーの心身は急激に消耗していた。

いつまで待てばいいのか、連れ戻すことや救援を送ることはできないのか、せめて状況を知ることはできないのか、他に何かできることはないのか——絶え間なく悩み、悔やんだ。

ロザリーは膝の上で強く両手を握った。

（……《未明の地》。魔法。大嫌い）

——姉を失ったことをも思い出させる、異国の言葉のように遠く歪《いびつ》に聞こえる土地。

それに関わる魔法は夫を傷つけ、今度は息子まで危険にさらそうとしている。

（……わけのわからない異界になど行かせなければよかった。もっと強く反対していれば……もっと私が、しっかりしていれば）

——そもそも、剣や魔法などというものを許すべきではなかったのだ。そんなものは、自分たちの息子には必要ない。口論になることを厭《いと》わず、ロイドから遠ざけておくべきだった。

怒りを通り越した憎悪と痛烈な後悔がロザリーの胸をひどく澱《よど》ませた。

呼吸が苦しくなる。ロザリーはそっと胸に手を当て、自分をなだめた。

（落ち着いて……大丈夫）

意識して、ゆっくりと呼吸する。

「夫人？　どうしたの？」

「いえ……、何でもありません、殿下」

訝《いぶか》るような顔をする王女に、ロザリーは笑みを作った。気を抜けば、感情が顔に出すぎてしまう。

そういったところが愛らしいと言ってくれるのは、夫くらいなものなのだ。

ロザリーは膝の上で重ねた両手に、静かに力をこめた。

ブライトと共に歩み、他者の前で本心を隠すこと、表情を作ること、公爵夫人らしい振る舞いを覚えた。それでも――まだ、変わりきれない部分がある。

「……ロイドの帰りを、ここでずっと待つことができればよかったのですが」

言い訳とも懺悔《ざんげ》ともつかぬ言葉がこぼれ落ちた。

このままでは君が倒れてしまう、とブライトに有無を言わさぬ力で諭されれば、ロザリーには拒むことなどできなかった。数日中に、広大で緑豊かなルイニング公爵領にいったん戻ることになっている。

『進展があれば必ず最初に君に知らせるよ。大丈夫、ロイドは生きている。その証もある』

そう優しく告げる夫に、ロザリーは深い気遣いと愛情を感じた。姉を失ったとき、心因性の記憶喪失に陥ったことがブライトの頭にもよぎったのだろう。――あのときも、両親だけでなくブライトが献身的に自分を支えてくれた。

(私は、弱いのね)

ロザリーは自嘲する。――ブライトの隣に並ぶために、彼の妻であるために、彼の子供の母であるために強くなったと思ったのに、このざまだ。

今もふとした瞬間に悪い想像ばかりがふくらんで、すぐに息苦しくなってしまう。かつて姉を失ったときは、耐えられずに記憶を失った。弱いために、自分一人では抱えていられないせいで――。

「いいのよ。わたくしがここで待っているから」

凛とした声が澱んだ空気を払い、ロザリーは弾かれたように顔を上げた。傲然《ごうぜん》とした意思のきらめく翠の目と合い、息を呑む。

「ロイドはわたくしのために行ったの。わたくしにふさわしい者であると証明するためによ。心配する必要はないわ。ロイドはわたくしのために、勝利とともに必ず帰還すると約束した」

アイリーンは断言した。

その自信に満ちた態度はロザリーを圧倒する。何を根拠に、とロザリーの中の弱気な部分が反発する。――そのせいでロイドは、と不敬な怒りもまた胸にわく。

（……でも）

息を止め、思い直す。

――アイリーン殿下もずっと気に掛けてくださっている。

夫に、そう言われたことを思い出す。王女は、ロイドの帰還について悲観的な意見を述べる者たちにことごとく不快感を示し、黙らせているとも聞いた。

目の前にいる王女の姿と、夫の言葉は矛盾しないように思えた。

「……殿下は、ロイドを待っていてくださるのですね」

ロザリーは半ば無意識にそう口にしていた。――もし一般的な政略結婚なら、あるいは利害に基づく関係なら、王女はとうにロイドを見限っているべきだった。

アイリーンは瞬き一つせずに言った。

「当然のことだわ。わたくしの騎士だもの」

明瞭な声で断言されると、だがロザリーは安堵より先に名状しがたい思いに駆られ、顔を曇らせた。曖昧な微笑ですぐに押し隠すも、誇り高い王女は気づいたようだった。

「納得していないという顔ね」

「……いえ、殿下のお言葉に異を唱えるつもりはありません。ただ、ロイドはルイニングを継ぐ身です。騎士のような行動は、いたずらに身を危険にさらすものだと思うのです」

ロザリーは言葉を選び、しかし偽ることなく王女に答えた。少なくともこの王女にはそうすべきだと思った。

アイリーンもまた不快感を示すことなく首肯《しゅこう》した。

「夫人はロイドの母君だから、無理もないことだと思うわ。剣や魔法を身につけるのはともかく、ルイニングの後継ならば実際に騎士のように振る舞う必要などない。けれど、才があるならそれを一度は世界に示すべきよ。己の才を一度もあらわすことなく生を終えるなど馬鹿げているし、惨めなことだわ。自らを埋没させることほど愚かしいことはない」

臆することなく、王女は告げた。

苛烈ささえ感じる言葉に、ロザリーは束の間、答えに詰まる。だがそこにどこかロイドに似通ったものを見た気がして、奇妙な納得さえ抱いた。

「……でも、わたくしも、ロイドに長く剣を持たせるつもりはなくてよ」

アイリーンの唇が微笑し、ロザリーは意表を突かれた。

「ロイドが剣を握るのは、自らの力を証明するため。自分の才覚を示すためなの。他より優れ、わたくしの夫たるにふさわしいと示すためにも有用なことだわ。だからその証明がなされたときは、もう剣を握る必要もない」

ロザリーははっと目を見開く。そうして、若く美しい王女は宣言した。

「わたくしのための刃なら、その刃を折るのもわたくしのため。ロイドも引き際は弁えているはずよ。だから安心なさい」

確信に満ちた声だった。

それはロザリーには考えもつかなかったことで、しばし言葉を失った。

若さと才気ゆえに無謀にも走るロイド。それをなんとかして止めるのは、母である自分の責任であり、役目だと考えていた。

だが――そうではなく、このアイリーンこそがロイドを止められるのだろうか。

(けれど……ああ、そうだわ)

少し考えれば、アイリーンの言葉は確かに真実であるような気がした。アイリーンは、ロイドが唯一自ら求めた相手だ。

誇り高く美しい王女と、才に溢れた貴公子にして騎士。

少々出来すぎのような、いかにも絵物語のようなことが現実に起こっている。それも、自分の息子にだ。しかし、だからこそ。

(殿下なら、ロイドと共に歩んでくださるのかもしれない)

――自ら危険に身をさらすようなことをやめさせ、愛する人と共に生きる幸せと平穏を教えてくれるのかもしれない。

その考えが徐々にロザリーの体に温もりを与え、アイリーンの自信につられるように自然と微笑むことができた。

「……殿下にそのようなお言葉をいただけて光栄です。ロイドのことをお心に留めてくださることに感謝します」

ロザリーが心から言うと、アイリーンは当然のこととして受け止めるように、鷹揚《おうよう》にうなずいた。

王族らしい高い矜持と気品を併せ持つ、瑞々しい薔薇のような少女だった。強い意思が翠の目の中に燃え、血筋だけではない理由で、他の人間とは違うと訴えてくる。

(……あの子には、きっと殿下のような方が合う。いいえ、殿下だけが……)

ロザリーは静かに確信を強めた。ロイドがアイリーンを望んだ理由を、ようやく真に理解できたような気がした。そしてその選択が、まったく正しいということも。

早く帰ってきなさい、とロザリーは強く心の中でつぶやく。

(あなたの愛する人が待っているのよ)

ロザリーは小さく息を吐いてカップに手を伸ばし、ぬるくなった茶を口にした。香りは少し飛びかけていたが、熱すぎない温度は快く、味がよくわかった。喉を通るときにふわりと華やかな香りが蘇る。

ロザリーは自分が落ち着きを取り戻しているのを感じた。

それでようやく、アイリーンの意図を考えるだけの余裕がうまれた。

ゆっくりと目を上げる。アイリーンは自分のカップに小さな匙《さじ》を入れ、物憂げに揺らしていた。

そのとき、ロザリーははじめて気づいた。

（……殿下も、ご不安がないわけではないんだわ）

自信に満ちあふれ、はっきりと断言する姿に圧倒された。だがアイリーンがどれほど強く誇り高い王女であっても、ロザリーの娘ほどに若い少女でもあった。

――ましてやロイドに本当に心を傾けているのなら、この状況にまったく不安を抱かないというわけにはいかないはずだ。

アイリーンは、何か具体的な用件があってこの場に自分を呼び出したのではないようだ。なら、不安のために話し相手のようなものが欲しくて自分を呼んだのではないだろうか。

ようやくそこまで考えが至り、ロザリーは自分を奮い立たせた。

（しっかりするのよ、ロザリー・ベティーナ＝ルイニング）

いずれ息子の妻となるであろう相手に励まされてばかりでは恥ずかしい。近い将来に義理の娘となる少女に、少しは心の慰めとなるような何かを返したかった。

考えあぐねた末、ロザリーは淡く苦い笑みと共に切り出した。

「以前から、ロイドはその場に長く留まっていられないようなところがあります」

薔薇を眺めて横顔を見せていたアイリーンが、ロザリーに振り向いた。

「ブライトも体を動かすことが好きで、そういった部分でもとてもよく似ているのですが……」

「……そう。ルイニング公は、剣を握ったりはしないでしょうけれど」

はい、と答え、ロザリーは苦笑を深めた。

――それでもやはり、ブライトの息子だからだろう。

「ロイドは、遠出するのが好きなのかもしれませんね。夢中になると周りが見えなくなるようなところもあって……。だから今回も、同じようなものなのかもしれません。ですが、連絡をおろそかにして遠出をするようなことはあっても……いつも、無事に帰ってきますから」

妻のためにとブライトがかけてくれた言葉が、今度はロザリーの口からこぼれ落ちた。

遠出、とアイリーンが反芻《はんすう》し、血色の良い唇が綻ぶ。声にはならなかったが、アイリーンが確かに同意を示したのをロザリーは感じた。

張り詰めたものが徐々に緩んでいくような間が生じたあと、アイリーンはふいにつぶやいた。

「ロザリー夫人。ロイドは、一人になりたいときどこへ行くの？」

これまでとは異なる問いかけに、ロザリーは忙しなく瞬いた。こちらを見る翠の目には、純粋な疑問が浮かんでいる。

「ロイドは何度か、一人で休養をとることがあると聞いたわ。その時は誰にも行き先を告げないのだと。きっと狩りや遠出なのでしょうけど、どこへ行くことが多いの？」

ロザリーは目を見開いた。やや遅れて、ロイドが時折姿を消すときのことだと理解する。

「それは……私たちにもわからないのです。聞いても、答えたくないようで……あの通り、意志の強い性格ですから。一人で休みたいだけで、危険なことや迷惑をかけるようなことはしていないとロイドは言っていました」

ロザリーの困惑を感じ取ったのか、アイリーンは首肯した。

「そう。ロイドらしいといえばロイドらしいのかもしれないわ。あまり余計な言葉を口にしないから」

そこに好意の響きを感じ取り、ロザリーは安堵を覚えて微笑んだ。こちらが嘘を言っているわけではないとすぐに理解してもらえたようだ。

だが、そうして気づく。こちらにたずねたということは、アイリーンもロイドの行き先を知らないということだろう。

(殿下にも、教えていないなんて……)

ロザリーは眉をひそめそうになった。

ロイドは家族にすらあまり自分のことを話さず、頑なところがある。無理に聞き出そうとしても、答えないときは決して答えない。一人の時間が多く必要な性質で、おそらくはそのために、誰にも行き先を告げない休養期間が必要なのだというのも、後になってなんとか理解した。ロザリーは寂しさを抑え込み、それを呑み込んだのだ。

――しかし、将来の妻となるアイリーンにだけは別ではないのか。

話さずにいる内容が多いほど要らぬ誤解を招くことになりかねない。他の誰に誤解されたところでさして困らないとしても、特別な相手にはそうではない。

ブライトは、ロザリーを不安にさせないよう、話せる限りで様々なことを話してくれた。

その誠実さと配慮をロザリーは誰よりも信じ、愛している。愛し愛される関係というものには、それがとても重要なことだと知った。

――だからこそ、ロイドとアイリーンにもそうあってほしかった。アイリーンだけはロイドの理解者なのだから。

「……いずれ、殿下には自分から話すことでしょう」

「ええ、当然ね」

ロザリーの言葉に、アイリーンは気負いなく答えた。そうなることを信じて疑わない――ロイドに少しの疑いも持っていないという態度に、ロザリーは安心する。

(……気にしすぎね)

――今はそんなことまで不安に思うべきではない。抱え込む余裕もない。

胸に手を当て、意識してゆっくりと呼吸する。

ロイドが向こうの世界へ行ってから、ロザリーは幼い頃の息子の姿をよく思い出すようになった。

若い頃のブライトによく似た、けれど色濃く見えた金色の瞳。

――ロイド、と呼んでもしばらくこちらに振り向かず、どこか遠くを見て佇んでいたのはいつのことだっただろう。その見つめる先に何があったのか、よく思い出せない。

だが昔から頭がよく、自分のなすべきことを理解し、それを投げ出したことのない子供であるのは確かだった。

(ロイドは、私の、ブライトの息子だもの)

魔法をのぞいては、高い能力も容姿も声も何もかもが酷似した父子。

――ブライトが愛する人を裏切らず、置き去りにすることなど決してないように。

（ロイドもきっと帰ってくる）

自分たちのもとへ。愛する王女《アイリーン》のもとへ。

ロザリーは何度も何度も、自分にそう言い聞かせた。

一章◆いま、君の声が

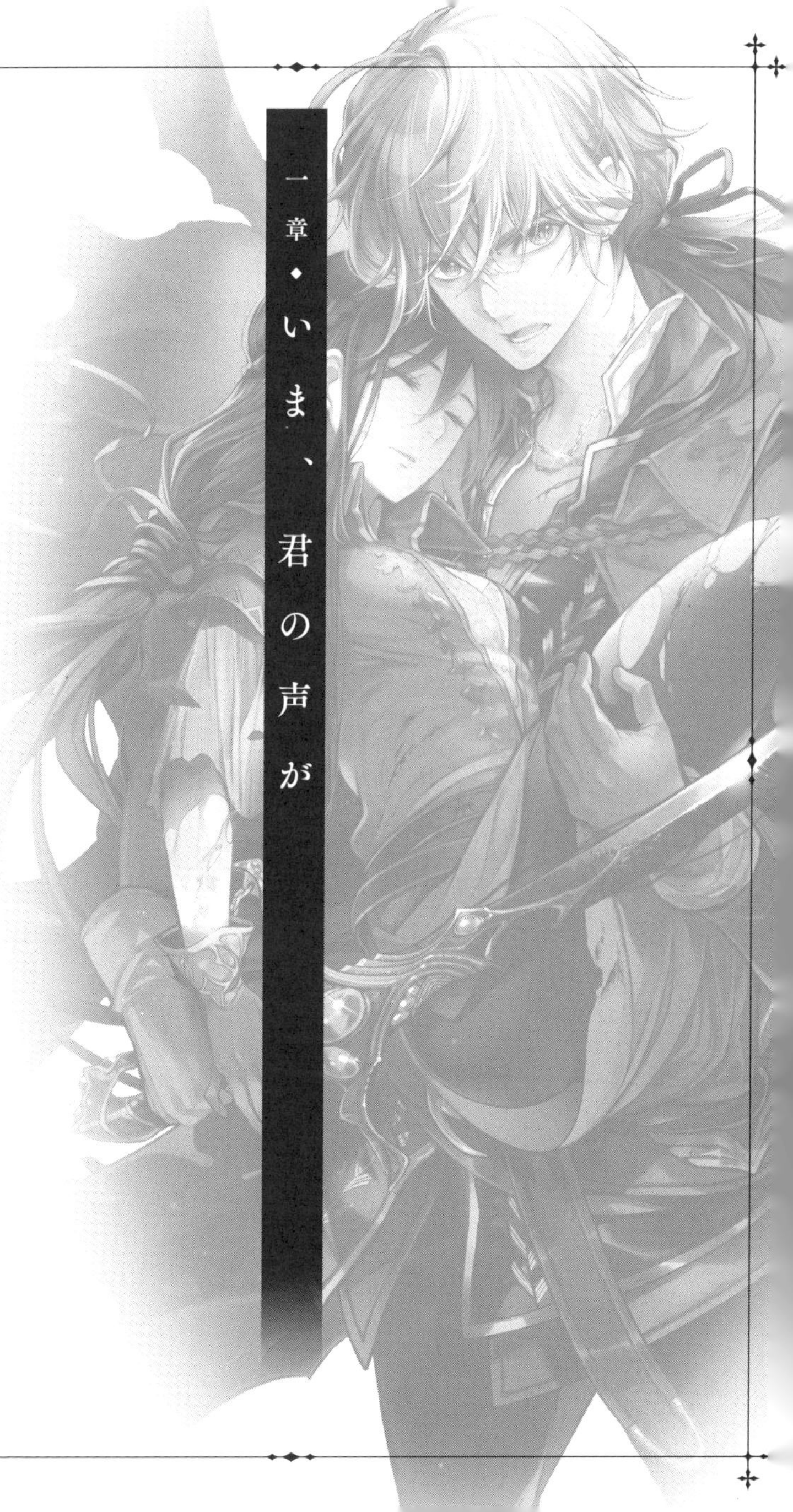

沈み溺れ貪る

――亡骸を、一つ一つ拾い集めた。

悲鳴をあげて軋む体。歪《ゆが》む視界。ウィステリアは震える息を押し殺し、かつて何度も撫でて、抱きついた《緋色狼》の欠片を一つずつ拾った。

何度も指で梳《す》いた毛は固まった血で汚れていた。あれほどたくましかった前脚はひどく軽くなって、体と繋がっていなかった。まばらに散ったコーラルの欠片は、遠くへ落ちているのか、それともあの忌まわしい《大蛇》の腹の中にあるのかわからない。

視界が滲《にじ》む。食いしばった歯の間から、嗚咽《おえつ》まじりの引きつった吐息だけが漏れた。

冷たい寝台に手をさまよわせても、あの美しい珊瑚《さんご》色の獣はもういない。暗い夜に温もりを与えてくれた、あの聡い獣の鼓動はもう聞こえない。

コーラルと呼んでも、見上げてくる一対の瞳はもう見えない。

この地に来る前に、もう二度と耐えられないほどの喪失の痛みを味わったはずだった。

あんな痛みなどもうありえないと思っていた。

なのに、またこんなにも苦しい。頭をかきむしって、あの優しく賢い緋色狼と過ごした記憶を取り出してしまいたい。

（もう耐えられない）

こんな苦しみには、こんな痛みには。

失う痛みには、もう耐えられない――。

頭が揺れて落ちるような感覚で、ウィステリアは一気に目を覚ました。

少し息を乱し、緩く頭を振る。ぼやけた視界に、暗いテーブルが見えた。もう夜になっていたらしい。居間の食卓の席に腰を下ろしたら、いつの間にかまどろんでいたようだった。

テーブルの上にはカップが一つ載っていた。冷えきった薬湯が、半分ほど残っている。

後ろで雑に束ねた髪がいつになく重い。上はシャツ一枚で下も脚衣のみであるせいか、屋内なのに肌に冷たさを感じた。

常にないすくむような冷えやだるさは、多くの瘴気《しょうき》を取り込んだせいだろう。しかし寝込む余裕はなかった。

ウィステリアは浅く息を吐き、強く瞼《まぶた》を閉ざして目元を手で覆った。これも瘴気のせいだと思った。

――コーラルの夢。二度と思い出したくない最後の記憶。

〝諦めろ。あの獣はもういない〟

あのとき、冷厳さの中にかすかな哀れみを滲ませてサルティスは言った。失ったものは諦め、忘れなければ動けない。戦えない。素早く切り捨てなければこの地で生きていけない。そう教えていた。

――月のような黄金と、まばゆい銀がよぎる。

目の奥が痛み、滲み出すのを息を止めて耐え、ウィスティリアは手の甲で乱暴に目元を拭った。腰を上げ、調理台の前に立つ。新たなカップに湯を注ぎ、薬効のある調味料を薄く溶かした。ぬるい薬湯にし、そのカップを持って、寝室の隣の部屋に入る。

そうして、部屋の中で横たわる体の側で膝を折った。

解かれた銀色の長い髪が、照明の少ない部屋の中でも淡い光を宿しているようだった。

横たわった長身に、隅にものを寄せただけの物置部屋は手狭に見える。――元から、人が眠るための部屋として造ったのではなかったから当然のことかもしれなかった。

閉じられた瞼の縁から髪と同じ銀の睫毛《まつげ》が伸びている。

ウィスティリアは手を伸ばし、ためらいで一瞬動きを止めたあと、手の甲で青年の頬に触れた。

「……ロイド」

名前を呼ぶ。気配に敏感なはずの青年は、それでも目を開けなかった。

首に、頬に、禍々《まがまが》しい刻印のように浮かび上がっていた黒い血管状の痕はだいぶ薄くなり、指で拭えば消せるのではないかと思える。苦しげに顔を歪めることもなくなった。

――濃い瘴気を浴びてから三日。

半日ともたず命を落とすであろう量だったが、ロイドは耐えた。《吸着》を繰り返しかけたことにくわえ、弛《たゆ》まぬ鍛錬でつくられた頑健な体が救いになったのかもしれない。だが一度も目を覚まさない。

（生きてる……大丈夫だ）

この三日、何百回と繰り返した言葉を、ウィステリアはまた心の中に繰り返す。

銀の頭にそっと手を入れ、重い上体を持ち上げる。詰め物をして軽く布で包んだ緩衝材を背と敷布の間に入れ、ロイドの頭を少し起こしてから、その唇にカップを当てる。

「ロイド、飲んでくれ」

意識に届いていないことは承知で声をかけ、唇の間に少量ずつぬるま湯を注いでいった。伏せっている間、まったく何も摂らないのでは体のほうが弱ってしまう。

銀の眉根が寄せられ、拒むようにロイドが顔を背ける。ウィステリアはしばらくそれを見つめ、青年の眉間の皺《しわ》が薄らいでから、また薬湯を少しずつ飲ませた。

焦れるほど時間をかけて一杯分飲ませきる。背中に入れた緩衝材を取って横たえ直し、再びロイドの傍らに座り込んだ。

小皿の上の発光石は鈍く円い光を放って、ロイドとその傍らのウィステリアを浮かび上がらせた。

静かな吐息。ロイドの規則正しい呼吸の音が、今は何よりウィステリアを安心させるものだった。

その音に耳を澄ましながら、ウィステリアは空になったカップを両手で包み、紫の瞳で底を見つめた。

――あと一歩、遅ければ。あるいはロイドの体が頑健でなければ。きっと、この呼吸の音を聞くことはできなかった。

コーラルのように、二度と会えなくなったかもしれない。

ウィステリアは小さく身震いした。わななく息を吐くと、軋むような痛みが胸に広がった。

（……私のせいだ）

――油断したから。自力で抜け出せなかったから。弱かったから。

だからロイドを危険にさらし、命を落とす寸前にまで追いやった。

冷たいカップを包む両手に力をこめると、その手が震えた。

本来なら、こうして横たわっているのは自分のほうだった。油断は死に直結する。一人であったらきっと死んでいた。

（すまない、ロイド）

ウィステリアは半ば無意識に胸の中でそうつぶやいていた。強く唇を引き結び、息を止める。

――どれほど自分を戒め、油断するなと厳しく言い聞かせても足りない。

自分にロイドのような武の才がないことも、完璧な戦いができるわけでもないことも、ウィステリアは知っていた。

だが自分の弱さ以上に、もっと根本的な問題がある。

（やっぱり……だめだったんだ）

――《瘴気》への耐性がない、普通の人間がこの地に留まるなどというのは。

どれほどロイドが《反射》を使いこなせても、ベンジャミンの作った道具があっても、その体は瘴気に耐えられるものではない。

自分とは、決定的に違うのだ。

そんな当然のことを本当の意味ではわかっていなかったから、今回の事態が起こった。

伏せた黒い睫毛をゆっくりと持ち上げ、ウィステリアは横たわるロイドに目を向ける。

わずかたりとも動かない瞼に、頬から首にかけて薄く浮かび上がる蔦《つた》のような模様は、まるで自分の知る青年ではないかのように見せる。かすかな呼吸の音が聞こえなければ、その造形ゆえに精緻な人形のようにさえ錯覚する。

決して動くことも話すこともない、人によく似た美しい形のもの。

そんな想像が浮かんだとき、ウィステリアは強く頭を振って追い払った。

そして突然、耐えがたい冷気を感じた。異界の夜の暗さと静けさが、こんなにも深く底のないものだと改めて気づいたかのようだった。

何千という夜をこの世界で独り過ごし、もう何も感じなくなっていたはずなのに。

〝飲めるか？　あなたの好きなものを少しだけ甘くしたが〟

――あの夜に知った温もりとはじめての甘さが、急に蘇る。

〝あなたに、そんな顔をさせるものは何だ〟

月のように輝く目。あまりに強くて眩しくて、今も瞼の裏に鮮やかに焼き付いている。あのとき、眩しい目を見つめ続けることなどできなかった。

踏み込んでくる目が少し怖いほどで、自分が押し流されてしまいそうで、だから突き放した。

――なのに。

生きている、その呼吸の音を聞けるだけで十分だったのに、今はもう、こんなにも不安を覚えている。

（……起きて）

祈るように、すがるように、閉じられた瞼を見る。

闇を貫く、あの煌々とした黄金の瞳が見たかった。もうずっとずっと惹きつけられて、真実を突きつけられて、忘れて、それでもまだ惹きつけられてしまう目が。

――眠れないなら話し相手になる。そう言ったのは、ロイド自身だったのに。

ウィステリアの唇は震えた。深いところからふいに浮かび上がる泡に似て、こみあげたその言葉を、唇を閉ざして封じ込める。

（いま、君の声が聞きたいよ）

寡黙かと思えば時に皮肉や悪戯《いたずら》めいたことも口にする、よく通るあの声が聞きたかった。

師匠、と呼ぶ怜悧《れいり》な声が。――イレーネと呼ぶ、胸に深く響くあの声が。

呼吸が揺れるのを感じ、ウィステリアは両手で抱えたカップに目を落とした。喉が震えるのを何度もやりすごす。

（……しっかりしろ）

細く揺れる息ごと、波打つ胸の内を抑える。

紫の双眸は鈍く動き、青年の傍らに横たえた剣を見た。

――祈りと加護の言葉が刻まれ、王女から贈られたという剣。ロイドは、両腕を持ち上げられなくなってもそれを離さなかった。

意識を失ってもなお固く握りしめられた指を、ウィステリアは時間をかけて解き、剣を鞘におさめてロイドの側に置いた。

その剣から、ゆっくりと目を離す。

ウィステリアの両手の熱ごと奪ったように、抱えた空のカップは半端にぬるくなっていた。暗く透けた底を見つめながら、胸の中でつぶやく。

（私を助けるために命を落とすようなことがあれば……戻れなくなるようなことになったら、意味がないだろう）

――ロイドは妻にと望む相手のためにここへ来た。そして、その人のために向こうへ帰る。

彼は、そうしなければならない青年だった。それができるだけの、帰る手段もある。

だから。

（ロイドをこれ以上ここに留まらせたらだめだ）

――二度とこんな危険にさらさないために。死なせないために。

静寂の分だけ自分の考えが闇の中に反響し、反発する感情を押し潰すようにゆっくりとウィステリアの中に沈んでいった。

顔を上げて、暗闇を見る。床に置いた小さな明かりは、天井には届かない。数度呼吸をした後、目を閉じる。

もう決闘まがいのことや、《蛇蔓》などに関わらせることはできない。一刻も早く証立ての代用として何らかの魔物を討伐して、その一部を持ち帰らせることだけを考えなくてはならない。それも、時間をかけてはいられない――。

白い瞼が持ち上がり、影を吸って色濃くなった紫の双眸が現れる。

冷たく白い指で囲っていたカップをいったん床に置き、ウィステリアはロイドに目を戻した。

太い手首を見る。そこには、瘴気の侵蝕を示す黒い脈のような模様はもうない。手と足の鈍色の腕輪も、当初の色と同じとまではいかなくても、黒が薄くなり、最低限機能していることがわかる。

ウィステリアは視線を上げてロイドの頭部を見た。首筋と頬にまだ瘴気の痕が執拗に残っている。

しかし緩めた襟からのぞく首飾りには、《吸着》で吸い上げられるだけの瘴気はもう残っていない。

ウィステリアは一度自分の胸に手を当てた。

息を整える。――まるで何かに、あるいは自分に弁明するような言葉がいくつもよぎった。

これに意味はなく、ただ青年を救うために必要なことでしかないのに。

ウィステリアはロイドの上に体を乗り出した。侵蝕の痕がある頬にそっと手を触れさせ、そこから顎へと滑らせる。指に少し力を入れ、唇をわずかに開かせる。

両手を、青年の鎖骨の下に置いた。濃い色の上衣との対比で、その手は一際白く見えた。

ウィステリアは一瞬息を止めながら顔を屈め、そっと唇を重ねた。

かすかに開いたまま触れあう唇から、《吸着》で瘴気を吸い上げる。青年の体の奥にまで入り込んだ残滓がゆっくりと流れ出し、ウィステリアの中へ入り込む。

冷たく小さな棘で刺されるような感覚があった。

しばらくそうして、ほとんど流れ来るものがなくなったとき、ウィステリアは静かに唇を離した。

これまで決して詰めることがなかった近さで、眠る青年の顔を見る。額だけを落として、触れあわせる寸前で止めた。流れた黒の前髪が、銀の髪に触れる。

そのまま、ほとんど吐息だけでウィステリアはささやいた。

「――王女殿下が、君を待ってる。だからもう、帰りなさい」

顔をゆっくりと持ち上げる。胸に置いた手を退《ど》けたとき、銀の睫毛が震えた。

ウィステリアははっと息を呑む。

閉じられていた瞼がゆっくりと開く。金色の瞳が現れたとき、ウィステリアは思わず声をあげていた。

「ロイド……！」

反射的に顔を覗き込む。ロイドの瞼は重たげで、その瞳の焦点がさまよう。

ロイド、とウィステリアは抑えた声で再び呼びかける。

「――」

まだ薬湯の潤いを残した唇が、吐息とも言葉ともわからぬ何かを吐き出す。

ウィステリアがそれを確かめようと少しだけ顔を近づけたとき、ふいに銀の睫毛が瞬いた。

――月を思わせる黄金の目が、ウィステリアを映す。

とたん、ウィステリアは強い力で腕を引かれた。

「あ……っ!?」

突然のことに体勢を崩し、背中から倒れる。重ねた敷布が衝撃をほとんど和らげたが、ウィステリアは目を見開いて固まった。背に触れる敷布は熱を持っていた。これまで横たわっていた人間の体温を移したかのように。

大きな影が差している。

——そうして、自分を覗き込む黄金を見上げる。

「な……」

言葉が続かず、かすれて消えた。

なぜ自分の顔の横に青年の腕があるのか、なぜ体を起こした彼の下に自分が横たわっているのか、ウィステリアにはわからなかった。

——ロイドは目を覚ました。この瞳を見ることを、この瞳に映ることをずっと望んでいたはずなのに。

言葉はないまま、ロイドはただ自分を見下ろしている。解かれた銀の髪が、肩から滑り落ちていた。

「ロイ、——」

名を呼ぼうとしたとき、ふいに青年が身を屈めた。

ウィステリアは息を止めた。

唇に、触れているものがある。柔らかく、この三日間ではじめて知った感触。

それが、ゆっくりと離された。

ロイドがわずかに顔を起こし、金の目がウィステリアを捉える。

その瞳に縛られたように、ウィステリアは動けなくなった。

——何を。

そう言おうとして震える唇を開いたとき、金色がまた落ちた。

唇が触れあった瞬間――今度は、隙間から濡れた柔らかいものが滑り込んだ。

ウィステリアは大きく目を見開き、びくりと体を揺らした。先ほど飲ませた薬湯の残り香が鼻腔に立ち上り、わずかな苦みが舌に伝う。知らない感触。自分の舌に触れているものが、ロイドのそれだと気づくのが遅れた。

「……っ！」

とっさにロイドの腕をつかみ、引き剥がそうとする。だが太い腕を包む布をたわませるばかりで、その体は微動だにしなかった。

強く目を閉じて息を詰まらせながら、ウィステリアは頭を振るようにして顔を背けた。

「っあ……」

声が漏れる。目が眩《くら》むほど鼓動が乱れ、胸の内側を激しく叩く。両頬の側で、長い腕が肘をついた。

頬にほのかな熱をもった気配を感じたとき、ロイドの顔が傾き、ウィステリアは再び唇を塞がれた。

流れるように舌が入り込んできて、萎縮するウィステリアのそれに重なる。

「――っ」

とたん、内側からくすぐられるような、痺れにも似た未知の感覚にウィステリアの体は震える。

誰にも触れられたことのない脆い場所を探られる。

柔らかなものに口蓋を撫でられると、感じたことのない痺れがはしった。体から力が奪われる。

意識が遠のきかけ、鈍く首を横に振って逃れる。

頭の下に大きな手が潜りこむ。驚いたのは一瞬で、唇が追いかけてきてまた重なる。

「ん……っ、……ぅ……！」

差し入れられた手に頭を抱えられて逃げられない。もう一方の腕は、小さな黒の頭を囲うように床についていた。広い肩から落ちる銀の髪が、ウィステリアの胸元にかかった。

ウィステリアの呼吸は乱れ、鼻にかかったくぐもった声ばかりが漏れた。

ロイドの腕をつかむ指が震え、柔らかい場所を何度も撫でられる感覚に力が奪われていく。

（あ、う……っ）

翻弄され、頭の中に霞がかかったようにぼやけていく。

――なぜ。どうして。何が。この意味は。

溶けかかる思考の中で、かろうじて理性の一欠片が光った。

（《吸、着》――）

意識をそこに振り絞ると、腕をつかんでいた手から力が抜けた。指が解け、両腕が床に落ちる。

――この三日間、自分からしたことだ。瘴気を吸い出すために。ロイドを救うためにそうした。

ロイドもそれを理解し、体の中から瘴気を追い出すためにこうしているのかもしれない。

だから、ロイドが望むだけ受け入れようと決めた。自分には、その義務がある。強ばり、抵抗を残していた体からわずかに力を抜く。

気をとられて開いたウィステリアの足の間に、大きな体が割りこんだ。

「……！」

かたく閉じられた紫の瞳が、反射的に開く。

入り込んできた舌は、にわかに横暴さを増した。逃れようとするものを無遠慮に追いかけて絡め、一度引いたかと思うと、角度を変えてまた襲いかかってくる。

そうしてウィステリアの知らない感覚を勝手に暴いていく。

未知の感覚は繰り返しウィステリアを襲った。絡む舌に与えられるものが、頭へ、首から下へ、胸へ、その下、腹から爪先にまで伝播していく。そのたびに体が小さく震え、鈍くもがく爪先が敷布を乱した。

脆く濡れたものをすり合わされる感覚に、呼吸すらままならず《吸着》が乱れる。抗う力を奪いとられ、紫の目元が歪み、白い頬が熱で赤く染まった。

やがてロイドの唇が離れた。ウィステリアは欠乏した空気を一気に吸い込む。

「は、……っ！」

忙しない呼吸を数度だけしたあと、また塞がれた。まるで、息継ぎのために水面に顔を出させたかのように。

撫でられ、絡めとられ、すりあわされ、蹂躙《じゅうりん》される。侵蝕される感覚にウィステリアはぎゅっと目を閉じ、意識を散らした。

魔法は途切れ、体が熱い。繋がった箇所から頭の中までかき回され、熱に溶けて自分が自分ではなくなっていくようだった。

だがのしかかる体にぐっと腰を押しつけられたとき、ウィステリアは目を見開いた。

「ふ、……っ」

力の入らない手で厚い胸を突き放そうとする。なのに、伏せっていたはずの体は岩のように揺るがなかった。突き放そうとしたことを咎めるように強く体を押しつけてくる。

銀の前髪が流れて黒髪に触れる下で、黄金の瞳は薄く開き、言葉一つなくウィステリアを見つめていた。

その眼差しに耐えられず、ウィステリアは強く目を閉じる。

声は口内で封じられて、自分ではないような高く鼻にかかったような声がもれる。あとには互いの乱れた呼吸、衣擦れの音だけが闇にこもる。

（い、や――）

もう受け止めきれない。

わけがわからないまま、ロイドの熱に呑み込まれて押し流されてしまう。

溺れさせられ、ただ沈められていく。――そのまま、どこまでも落ちていく。

やがて、覆い被さった大きな背に、震える白い手がそっと触れる。覆い被さった体が更に沈み、その背に触れる指がわなないて食いこんだ。

――銀影がわずかに離れる。二人の間を一瞬だけ繋いだか細いものを、小さな光がきらめかせた。

ウィステリアの忙しない呼吸の音が数度響く。

潤んで赤く染まった唇にもう一度青年の唇が重なろうとした瞬間、

「……《弛緩》」

吐息にまじって、ウィステリアはつぶやいた。

言葉ごと唇が塞がれる。

触れあった体から魔法の力が流れ込むと、金の瞳からふっと光が消え、瞼が落ちる。ウィステリアの足の間に割り込んだ体が頽《くずお》れた。ウィステリアはのしかかる体を全身の力を振り絞ってひっくり返し、這って抜け出た。

転ぶように部屋を飛び出す。立とうとして転倒しかけ、居間のテーブルにしがみついた。足に力が入らない。そのまま、ウィステリアはずるずると床に座り込んだ。は、は、と浅く速い呼吸を繰り返す。

――鼓動が早鐘のように鳴り、今にも胸を破りそうだった。

頭が煮立ち、顔が熱い。火に包まれているようだった。とっさに胸を押さえ、けれどその手が小さく震えていた。

(な、に……)

――何が。

何が起こったのか。

内側から叩いてくるような鼓動が全身に反響している。ウィステリアはただ浅い呼吸を繰り返した。

何も考えられなかった。体がひどく熱くて、座り込んだまま動けない。

しばらくそうしたあとで、胸元をつかんでいた手が鈍く持ち上がる。白い指先は、赤くなった唇に触れた。

そこは、水分を摂った直後のように濡れていた。

――とたん、一瞬前までそこに触れていたものと、その奥にまであった感触がウィステリアの脳裏に蘇った。

「――っ」

手で唇を覆った。口蓋を撫でられる感覚が蘇り、爪先から痺れが上った。

心臓が爆ぜるような音をたて、くらくらと眩暈がする。顔も頭も火で炙《あぶ》られているかのように熱が引かない。

(どう、して)

あれは、《吸着》で瘴気を吸い出すのとは違った。行動としては同じであるはずなのに、決定的に異なった。

けれど、それなら。

――あんなことをした意味は。

(あんな……)

自分のものではない、熱を帯びた呼吸の音。大きな体に覆われ、脚の間に割り込まれて動けなかった。頭の後ろに触れた手。額に触れた銀の髪の柔らかさ。服のこすれあう音。

そうして自分を見つめた、炎のような目。

――何度も何度も。

魔法を使わなければ逃れられないほどに。

――王女に求婚するためにここへ来た青年であるはずなのに。

ウィステリアはテーブルに手をかけたままうつむき、強く目を閉じた。握った手に力が入らない。

そうして体の中で荒れ狂うものに耐えた。

立ち上がる力が戻ってくるまで、寝室にいるサルティスに平静を装えるようになるまで――嵐のように乱れた鼓動と頭の熱が引いてゆくまで、ずっとそうしていた。

渦巻く、熱

渦を巻いて、鍋の中の煮汁が回っている。ほのかに白く曇った表面に、黒髪に紫の目をした女のぼんやりした顔が映っていた。

熱し続けられたその鍋がふいに煮立ってこぼれ、ウィステリアははっとした。

慌てて火を止めると、湯気をたてながら鍋の中身が収束していく。ウィステリアは長くため息をついて、額に手を当てた。

『何をしているのだ！　お前はわざわざ鍋をかき回し煮こぼすために貴重な時間を浪費してここに居座り続けているのか⁉』

背後から、テーブルに置いた聖剣の声が飛んでくる。ウィステリアは振り向かないまま、再び息を吐いた。弱火にして、木べらで鍋の中身をかき回す作業に戻る。そのことに意識を集中させようとする。

――そうしなければ、昨晩の信じがたい出来事についてまた考えてしまいそうになる。

青年の部屋から抜け出し、一晩して立てるようになり、少しは顔の熱が引いた。それでも、ほとんど眠れなかった。

『聞いているのか！　お前がこうして小僧の世話を焼いている間に――』

「……わかってるよ。でも仕方ないだろ」

今度はサルティスの言葉が痛いところを衝いて、ウィステリアはいったん振り向き、眉間に皺を寄せて剣を睨んだ。

《転移》で向かった先で蛇蔓が大きく成長し、あんな戦闘になった。その先の《大竜樹》でも同様のことが起こっている可能性がある。サルティスの言うように、急いで確かめ、可能な限り迅速に蛇蔓を除去しなければならなかった。

だが、伏せるロイドを置いて外に出るということがウィステリアにはできなかった。

一命を取り留めたとはいえ、もし自分がいない間に状態が悪化したらと考えるとおそろしかった。

サルティスの言うことが正しく、一日中ずっとロイドの側にいたところで、できることはさほどないのだとしても。

サルティスに背を向け、鍋の中を再びかき混ぜる。すべての具材が煮崩れて、喉に引っかかることなく飲めるようになるまで続ける。

――《弛緩》をかけて眠らせてから、ロイドは目を覚ましていない。後になって、《弛緩》をかけたことが今のロイドに大きな負担をかけたのではないかと青ざめた。

なんとか立てるようになってから様子を見に行けば、静かな寝息だけが聞こえた。様子を確かめること以外は何も考えないようにしてロイドを寝床に戻し、整え、自室に戻った。

そうして朝になると、まずロイドに飲ませるためのスープを作り始めた。たびたび意識が飛んでいるせいで、瞬きの間に時が過ぎているようだった。

（……なぜ、目を覚まさないんだろう）

昨晩、ロイドは確かに目を開けてこちらを見た。体を起こすことさえした。

――ウィステリアはそれを見上げた。

それから。

（……！）

つられてその先を思い出しそうになり、ウィステリアは激しく頭を振った。火が一気に勢いを増すように顔が熱くなる。

『おい、何を落ち着きのない……』

サルティスが不審も露わな声をあげたとき、ガタ、と音がした。

ウィステリアは弾かれたように振り向いた。そして心臓が大きく跳ねた。

――今まさに思い返していた青年の姿が、テーブルの向こうにあった。

部屋の扉を開け、枠に手をかけて体を支えながら、もう片方の手を額に当てている。目元が歪み、痛みを堪えているようにも、まぶしさに眩んでいるようにも見える。

「ロ、イド……！　お、起きたのか」

「……、師匠？」

顔を歪めたまま、低くかすれた声でロイドは問うた。上衣の合わせがいつもより深く開き、喉の突起や太い首、鈍色の首飾り、筋肉で盛り上がった胸までが見える。寝乱れた髪は解かれたまま首筋にかかっている。

ウィステリアは一瞬怯み、視線を彷徨《さまよ》わせた。完全に意識を失って伏していた状態とは別に、ロイドの寝乱れた姿ははじめて見る。慌てて頭を振り、木べらをいったん置いて歩み寄った。

「体の具合はどうだ？　痛むところや苦しいところは？」

「……いや……」

ロイドは少し遅れて反応した。銀の眉根を寄せ、手で額を押さえるようにしながら、テーブルの椅子に横向きに腰を下ろす。

ウィステリアはすぐにカップを取り出し、水を注いでロイドに差し出した。大きな手がそれを受け取り、ほとんど一息に飲み干す。その後で、低く長いため息がこぼれ落ちた。

ウィステリアは青年の前に回り、その顔を見た。

引き締まった頬や首に、瘴気の痕跡はない。袖からのぞく手首や、少し乾いた肌の上にも、侵蝕の痕はもう残っていなかった。

ウィステリアは大きく安堵の息をつく。

腰掛けたロイドが、緩慢に目を上げてウィステリアを見る。

「何が……、どう、なってる？　私は……、蛇蔓は？」

低い声はまだ気怠げで、見上げる金の瞳にも少し覇気を欠いている。

知らず、ウィステリアはなだめるような声で答えを返した。

「あの場所での蛇蔓はすべて倒した。君が……止めを刺してくれた。それから君は倒れ、ここに連れ帰ってから三日ほど寝込んでいた。今日は四日目だ」

銀の睫毛が鈍く瞬く。四日目、とロイドは顔をしかめてつぶやいた。

その反応で、ウィステリアの胸は騒いだ。喉の奥まで疑問がこみあげる。

（……覚えて、いないのか？）

――昨晩のことを。

だが、口に出すことはできない。

『ふん。図太い小僧だ。無知と無謀を重ねると体も無駄に頑丈になるのかもしれんな』

テーブルに横たわるサルティスが、いつもの皮肉めいた声を飛ばした。

ロイドはそちらに顔を向け、不快げに眉をひそめる。だがいつもに比べると、鋭さを欠いている。

ウィステリアはそれに少し不安を覚え、手を伸ばした。銀の前髪に潜り込ませ、額に触れると、
金の瞳がわずかに大きくなる。

手の平に感じる温度が思ったよりも高く、ウィステリアは小さく息を呑んだ。

「熱がある。まだ体を休めないとだめだ」

銀の睫毛がゆっくりと瞬き、その唇が何かを言おうとわずかに開く。しかし、こぼれたのは長く

熱っぽいため息だけだった。

常のロイドからすれば驚くほど無防備だった。

ウィステリアが額から手を退かせたとき、篝火《かがりび》のように揺れる目がじっと見つめた。その眼差しの強さに一瞬虚を衝かれると、ロイドが立ち上がり、手を伸ばした。

――昨晩の記憶がウィステリアをびくりと震わせ、のけぞらせる。

だが伸びた腕は止まらず、ウィステリアの首を覆う襟に指を触れさせた。

「あなたは？」

少しかすれた、低い声が言う。それが耳慣れぬ響きのせいか、ウィステリアはいっそうたじろいだ。

「わ、私？　いや、私は……なんともない。大丈夫だから、」

「あれに、絞められていた」

長い指が、襟の端に触れる。ウィステリアはためらいながらも、ようやく気づいた。ロイドは、蛇蔓に絞められた師を案じているのだ。

「……大丈夫だ。怪我もしていない。君のおかげで」

「見えない」

ややぎこちなさすら感じる口調で、ロイドは言う。

ウィステリアは戸惑った。普段は怜悧で明晰な青年が、今は何を言おうとしているのかがわからない。

ロイドの指は、襟から離れなかった。人差し指と親指で襟の端をつかんでは離す、ということを繰り返している。その行動と、言葉の意味をウィステリアは考える。

（見えないって……）

少しして、答えに至った。

「首が見えないということか？」

「……ああ」

ウィステリアはにわかに返答に窮した。

——首が見えないから、確かめられず安心できない。ロイドが言いたいのはそういうことなのだろうか。

『首を見せろとはずいぶん露骨ではないか。まさしく獲物の弱点を狙う獣《けだもの》！　確かに素手で締め上げても歯を立てても致命傷を与えられるからな!!』

「……ちょっと黙っててくれ、サルティス」

『何だと!?　目も当てられんほど油断したお前のために、我が洞察の賜物《たまもの》を慈悲深き精神によってわざわざ教えてやっているというのに!!』

「ああ、うん、洞察ね……」

ウィステリアは眉根を寄せてため息をついた。今のロイドがサルティスの言うような行動を取るわけがない。

——ロイドはただ、鈍く瞬いてこちらを見つめている。

「……わかった。外すから、手を離してくれ」

言うと、ロイドはその通りにした。

ウィステリアは自分の襟に指をかけた。水色の上衣の下は、首まで覆う襟の長い衣を着ている。外で活動するときのため、なるべく肌の露出を少なくするよう、喉まで覆うように小さな留め具で閉じていた。

その留め具を一つ一つ外していく。そうしていくうちになぜか、奇妙な緊張感を覚える。

――金の目が、言葉もなく見つめているせいなのか。

首の留め具をすべて外し、合わせ目を少し開く。喉から鎖骨の上まで、肌に空気が触れた。

「ほら、何もないだろ」

ウィステリアは軽く腕を組み、おどけた声で言った。

銀の睫毛がゆっくりと瞬く。ロイドは再び手を伸ばし、ウィステリアが怯むのにも構わず、襟に触れる。そして花の蕾を剥くように外側へめくった。

冷えた空気が更に首に触れる。

右、そして反対側の襟もめくり、露わになった白い首筋を黄金の目が撫でる。ウィステリアはわずかに体を強ばらせた。高い体温が目にも表れるのか、向けられる眼差しは小さな炎のように熱い。

長い指が襟を離す。とたん、首筋に熱をもったものを当てられ、ウィステリアは肩を揺らした。

ロイドの指が、白い首を確かめるように上から下へとたどろうとする。

首に触れる指のはっきりとした熱と動きはウィステリアを狼狽させた。

「や、やっぱり君、熱があるな！　私は大丈夫だから、ちゃんと休め」

ロイドの指を押しやり、襟の留め具を急いで閉じる。

どこか焦点のぼやけた目がウィステリアを見つめていた。

ウィステリアはロイドに座るよう促し、水と、作ったばかりのスープを飲ませた。

「……蛇蔓は」

「それは、今はいい。君はとにかく回復することだけを考えろ」

ウィステリアは緩く頭を振って話題を終わらせた。やや不服そうに眉根を寄せる弟子に、いいから、と会話を切り上げ、寝床に追いやる。

ロイドは渋る様子を見せたが、ため息をつくと、結局は師に従った。

横たわるとき、傍らに剣があるか確かめるように目を向けたのをウィステリアは見た。

部屋の扉を閉めた後、ウィステリアは天井を仰いだ。長く息を吐くと、強ばっていた肩から力が抜ける。

（……よかった）

まだ熱があって不調とはいえ、命に危険があるような状態ではない。

濃い瘴気をあれほど大量に浴びたことからすれば、奇跡と言っていい回復具合だった。《吸着》がうまく効果を発揮したことにくわえ、ロイドの頑健さに助けられたのだ。

ウィステリアは一度目を閉じる。自分の中で形をとりつつあったその意思を、はっきりと確かめる。手を、強く握る。そうして胸の中でつぶやいた。

（ロイドは、ここにいるべきじゃない）

きっと風化する

翌朝、ウィステリアはおおよそいつもと同じ時間帯に起きた。

「おはよう、サルト」

『ふん。お前の怠惰と世話焼きには呆れて言葉も出んわ。赤子の面倒を見ているでもなし、いつまであの小僧のために引きこもっているつもりか！　こうしている間にも、外では刻一刻と事態が悪化しているのかもしれんのだぞ!!』

「……いやまあ、それはわかるが。朝からその話はやめてくれ」

『我が言わなければ誰が言うのだ!?』

「……母親か、君は」

聖剣の言葉はちくりと胸を刺し、ウィステリアは濁《にご》したような反論しかできなかった。

「でも、外には出るよ。あまり時間がないのはわかってる」

サルティスが鼻を鳴らすような声をもらす。

それきり、ウィステリアは口を閉ざした。理由を言えば、またサルティスの怒りを買うだろうことは容易に予想できた。

外に出るのは、蛇蔓の調査のためではない。

ロイドが完全に回復するまでの間に、証立ての代用となりえそうな魔物を探すつもりだった。条件すべてに合致するような魔物が見つからなかったとしても、向こうの人間に通じるような魔物であれば、それで押し通すと決めていた。

どの魔物が候補になるか、近くの出現場所はどこかを考えながら寝室を出る。ロイドが寝ているはずの部屋の扉を一度だけ見やってから、浴室に向かった。

身支度を整え、サルティスを持ち出して居間の自分の席に置き、朝食の準備をはじめる。

——天井から気配がしたのは、そのときだった。

ウィステリアははっと顔を上げる。とたん、魔力に反応して天井が透過し、黒い長靴の先が見えたかと思うと、一気に長身が落ちてきた。濃い灰色の長袖と黒の脚衣、黒い布でまとめられた銀髪が、ふわりと揺れる。

呆然とするウィステリアの前で、ロイドはゆっくりと居間に降り立った。そのこめかみから顎に、首に、汗が滲んでいる。その手に握られているのは、よく馴染んだ剣だった。

弾んだ息や顔に滲む血色は、強度の高い運動がなされたことを示している。

ロイドは絶句するウィステリアに気づき、通りのよい声で言った。

「ああ、おはよう」

「お、おは……ようじゃない！　何をしてるんだ君は⁉」

「日課だが」

「にっ……⁉　寝込んでただろう！　何を無茶なことをしてるんだ！」

「もう治った。不調は感じない。熱もない。動かないと体が鈍ってかえって調子が悪くなる」

ロイドはいつもの声色で言って、肩に顔を寄せて頬の汗を拭った。

「手間をかけた。その分、動いて返す」

「そ、そんなことはいい！　というか無理をするな！　命を落としかねない状態だったんだぞ！」

『小僧にしてはましなことを言うではないか！　貴様が寝込んでいた間、我が実に迷惑を被り、被害も甚大であったので今後は我に平身低頭し――何をするイレーネ!?』

ウィステリアは早足に歩み寄ってサルティスをひっくり返す。

当のロイドは凍てつくような眼差しを聖剣に向けた。

「随分な言いようだな。あの状況で刃を見せることすらできなかった聖剣殿が、どんな被害を受けたと？」

昨晩とは一変し、鋭く刺すような声色だった。

サルティスがうなるような声をもらす。

――ウィステリアの鼓動は小さく乱れた。ロイドの言葉が、ふいに冷たいものを浴びせてきたかのようだった。

サルティスは、自ら動いて助けてくれるなどということはない。そんなことは当然で、とうの昔に受け入れた。なのに今、そのことに心が揺れている。

しかしそれを打ち消すようにウィステリアは頭を振った。

「二人ともやめろ。油断した私が悪い。――もうすぐ朝食だ。身支度を終えてくれ、ロイド」

意図せず、声が少し硬くなる。

ロイドは軽く肩をすくめ、浴室に入っていった。


（速すぎる……）

ウィステリアは呆然とした。いつものように向かいの席に座り、淡々と食事を平らげていく青年の姿は、とても生死をさまよった直後とは思えない。想像以上の回復速度だった。

固形物がなくなるまで煮込んだスープだけではさすがに足りないようで、ウィステリアは量を控えつつもいつもと同じ朝食を出した。が、ロイドは常と同じ速度で食べているように見えたのに一瞬で平らげてしまい、それでも足りないらしく自分で作ろうとしたので、ウィステリアは慌てて追加のものを出した。

――それでも足りない様子だったので更に追加した。

ブライト譲りの容貌からは想像がつきにくいが、元より鍛えた体に違わぬ食欲を持った青年だった。特にここ三日間の分を取り戻すかのように旺盛な食欲を見せ、呆気にとられながら見つめていたウィステリアのほうが満腹感を覚えてしまうほどだった。

食事を終えて片付けた後、ウィステリアはロイドと向き合って立ち、その体に異常がないか確かめる。頬や首にも、腕や足にも、瘴気の侵蝕を示す痕跡はない。それでも、ウィステリアは聞かずにはいられなかった。

「……本当に、大丈夫か」

「心配性だな」

「今回は軽く見るな！　いいか、本当に無理はするな。些細《ささい》な不調でも……」

「ない。むしろよく寝た気分だ」

いっそ不遜な態度で応じられ、ウィステリアはむせた。

『さぞかしよく眠れたであろうな、小僧！　この状況であれほどの惰眠を貪《むさぼ》るとは、さすがの我も驚嘆したと言わざるをえん!!』

「お褒めにあずかり光栄だ」

『馬鹿者、皮肉に決まっておろうが!!　貴様のような未熟者をこの我が褒めるとでも思うてか!!』

ロイドは不敵に反撃し、サルティスも透かさず応じる。

ウィステリアは呆れながらそのやりとりを見ていた。

「ほんとにもう……」

安堵を通り越し、呆れさえ覚えてため息をついた。

ロイドがふいに視線を動かし、ウィステリアを見る。

「――あなたが、私の瘴気を吸ったのか」

ウィステリアは、ぴたりと止まった。

とたん、どっと心臓が跳ねる。目を上げられなくなり、自分の爪先に視線を固定したまま答える。

「あ、ああ。まあ、必要な行為だったから……その」

「あなたは不調をきたしていないのか。私が浴びたものを、そのままあなたが引き受けたんだろう」

激しい動悸を感じながら、ロイドの言葉を聞く。

――ロイドはただ、こちらの身を案じてくれているだけだ。

ウィステリアは心のうちでそう繰り返し、騒ぐ鼓動を抑えた。

「……大丈夫だ。私は、なんともない」

今すぐこの話題から逃げ出したかった。――危機が去り、時間が経てば経つほど、自分が何をしたのかが迫って心臓が爆ぜそうになる。

ロイドに三日間の記憶がないなら、そのまま闇に葬るべきだった。

別の話題に変えようと必死に糸口を探しているうちに、ロイドは更に続けた。

「《吸着》で?」

「……そ、そうだ」

「全て、一人で瘴気を飲んだのか？」

ウィステリアは息を詰めた。うつむいた頬が、じわりと熱くなる。

「う、うむ」

――気づかれていない。知られていない。そのはずだ。

あくまで瘴気を防ぐ道具である、腕輪や首飾りから吸い出したのかという意味だろう。

否、そもそもそれ以外の行為にしたところで――。

（あ、あれは緊急かつ必要な処置であって治療のために必要な過程でありそれ以外に意味などないものであって、やむをえない状況であったので王女殿下や他の人物に糾弾されるようなことではないはずだし私が後ろめたく思う必要もないはずで……）

目まぐるしく弁明の言葉を浮かべながら、なぜか一言も声に出せなかった。

熱くなる頬とは対照に、冷や汗が滲むような思いもする。

束の間の沈黙。それがウィステリアをますます焦らせたとき、低い声がした。

「師匠。なぜ目を合わせない？」

ぴくり、とウィステリアはわずかに肩を揺らした。軽く胃を絞られるような感覚がする。

「な、何も。ただその、床の模様が気になって」

「私を見ろ」

「う……うむ。ちょっと待て。ここに気になる傷が」

「おい」

ロイドの声に明らかな不信感が滲む。ウィステリアはいっそう焦った。落ち着かなければと思うほど悪循環に陥る。喉の奥で声にならない悲鳴をあげ、必死に平常心をかき集め、何事もなかったかのように顔を上げる。

目が合う。銀の眉に、険しさが漂っていた。

「私は、あなたに危害でもくわえたのか？」

「！　ち、違う！　そうじゃない！」

「なら何だ」

「だ、だから、何もない！　その、改めて聞かれたから驚いたというだけだ」

ウィステリアはなんとか言い逃れを試みる。

が、金の目がふいに細められた。鋭く探るような目に、ウィステリアは気づかぬ振りで顔を逸らして棚を見る。無言の威圧を頬に感じた。

「……あなたが目を合わせなくなるようなことを、私がしたのか？」

「何も！　ない‼」

「ならあなた自身が？」

死角から一撃を浴び、ウィステリアは堪えきれずに息を呑んだ。

――あれは、とっさに振り向いて弁明しようとして、寸前で言葉を留める。

その反応自体が致命的と悟ったときには遅かった。

金の瞳が眇《すが》められる。

「……へえ？」

含みのある声がした。形の整った唇はうっすらとつり上がっている。

ウィステリアはじわじわ熱がのぼるのを感じ、言葉に窮《きゅう》した。

――あれは緊急時で必要な応急処置にすぎないのであって、何のやましい意味もない。この青年にとっては大いに不本意であり不快な行為ではあっただろうが、だからこそなかったことにすべきだった。

むしろやましいというなら、この青年のほうこそ当てはまるのではないか。

（あ、あんな……！）

――あんなことをしておいて。

声にならない声で、ウィスタリアはそう叫んでいた。

あのとき、両目を開いて起きているように見えたのに、どうやらロイドは覚えていない。

――それはウィスタリアにとって歓迎すべきはずのことだった。なのに、段々怒りのようなものがわいてくる。

自分にとっては天地がひっくり返るほどの衝撃的な出来事であり、心身に大打撃を受けた事態だったというのに、当のロイドは何一つ覚えていない。挙げ句、こちらを追及してくる始末である。

ウィスタリアがじとりと睨むと、不敵な弟子はかすかな、だが今となってはそうとわかる微笑を浮かべていた。好奇心や揶揄《やゆ》のせいか、金の瞳が悪戯めいた煌めきを宿している。

「何をした、師匠？　弟子にしっかり教えてくれ」

「なっ……！　で、弟子なら素直に言うことを聞け！」

「不明点は放置できない質だ」

「ぐっ！　この世界には知らなくていいことがいくつもある……!!」

ウィステリアの反論など聞こえていないかのように、ロイドは思案げに目を遊ばせた。

「確か、《吸着》はあなたが手で触れるか……あるいは唇で――」

「!!」

ウィステリアは突発的な羞恥と焦りに襲われ、手を伸ばしていた。

白い親指と他の四指が青年の顎をつかみ、おそろしい事実にたどりつこうとする口を無理矢理止める。

「本っ当に言うことを聞かない弟子だな君は……!!」

金の瞳が大きくなり、銀の睫毛が瞬く。それでも怯むことも臆することもない目に、ウィステリアは眉をつり上げた。

ぐにぐに、と指に力を入れて涼やかな顔を崩してやろうと試みる。しかし並外れて整った造形の前にはあまり効果がないようだった。

ロイドが黙ったのを見て、ウィステリアは手を離した。大きく息を吐き、少し冷静さを取り戻す。

「……以前にも言ったが、瘴気は時として精神に作用する」

今度はロイドも言葉を挟まず、視線だけを注いだ。

「つまり……瘴気を浴びすぎて君も少々おかしくなったというわけだ。常人なら命を落としていた量だ。精神のほうに影響してもおかしくない。多少奇妙な行動ではあったが、私に怪我を負わせるようなものではなかったし、物が破壊されたわけでもない。いわば……泥酔したようなものだと思う」

ウィステリアは慎重に言葉を紡ぎ、一度呼吸を挟んだ。

「それに、私はその……普段とは違う対応をした。それだけだ。大したことではない。だから気にするな。私も気にしない。それでこの話は終わりだ。いいな」

「……泥酔したことはないが」

「たっ、例え話だ！」

ロイドの声から不服を感じ取りながらも、ウィステリアは腕を組んで追及を拒んだ。

『おい、この愚にもつかん会話をいつまで続けるつもりだ？　お前達はよほど暇なのか⁉』

サルティスが怒りと不満の叫びをあげると、ロイドが冷ややかな一瞥《いちべつ》を投げる。

いつものサルティスの軽口――だが今のウィステリアには違う意味をもって聞こえた。すっと頭が冷える。

――聖剣の言うことはもっともだった。

予想より早くロイドが目覚めた以上、聞かなければならないことがある。

「……ロイド。向こうの世界で、もっとも手強かった魔物は何だ？　もしくは、最も認知されておそれられている魔物は何だ」

強く意識して平静を装い、問う。

ロイドはウィステリアを見つめ、少し思考の間を置いて瞬いた。

「手強かったという意味では、動きが素早く群れをなす種がそうだった。最も認知されておそれられている魔物は……確実には言えないな。ここで言うところの《大蛇》のような存在がない」

そう言って、ロイドは右手を腰に当てた。

「向こうへ《転移》するかどうか心配なのか。なら、早く出て蛇蔓の駆除に向かおう。寝ていた分は取り返す」

抑えられた声には、静かな戦意があった。――そして、自分への配慮と信用も。

ウィステリアはわずかに息を詰めた。

――向こうの人々を案じて出た言葉だと、ロイドは思っているのだろう。

ウィステリアは目を背け、重く頭を振った。

「そうではなくて……倒すことで、大きな功績と認められるような魔物だ」

「――何？」

ロイドが訝しげな顔をする。そうして、当然の問いを発した。

「なぜそんなことを聞く？」

ウィステリアは束の間、口を閉ざした。――この関係を失うのが惜しいなどと考えてはならない。

この青年自身を失うことに比べれば、何も惜しくはない。

これまで無意識に避けていた言葉を、自分を奮い立たせて口にした。

「君の、王女殿下に対する証立ての代用とならないかを考えている」

金の目が見開かれた。しかしその表情もすぐに消え、感情の読みにくい――冷たく硬質な顔に戻る。

「……代替となるものについては考える。だが、今は蛇蔓が優先だ。それを終えてからだ」

ウィステリアは黙ってそれを聞いた。

サルティスの代用品となるもの――他の証立て。そのことを急遽蒸《きゅうきょ》し返されても、ロイドは冷静で、正論で応じた。声に少し険しさがあっても、露骨に苛立ちや反論を返すわけでもない。だが疑念を抱かせたのは事実だろう。

ここでロイドの言葉を受け入れて退《ひ》けば、この気詰まりな空気も消せるかもしれない。

――そう臆する自分が、確かにいた。

ウィステリアは、自分の腕をつかむ指に力をこめた。

「……瘴気の作用がおそろしいものであることは、身をもって知っただろう。今回は運が良かった。瘴気の濃度に、君の体がなんとか耐えられたからだ。だがこんな幸運は続かない」

「わかってる。次は意識を失うなどという失態は犯さない」

「そうじゃない」

ウィステリアは一段声を低くして告げた。

「もし同じような状況に陥っても、私を庇うことも、助けようともしなくていい。――するな」

金の双眸が一瞬止まった。とたん、その目に鋭さが宿る。

幕を払うように空気が変化したのをウィステリアは感じた。

「どういう意味だ」

「……言葉通りだ。私の体は君とは違う。瘴気に耐えられる」

「そうだとしても、不死ではないんだろう。瘴気に耐性があったところで、傷も負えば怪我もすると言った。瘴気に耐えられたところで、あの状況ではあなたは蛇蔓に食われるところだった」

ウィステリアは束の間、口を閉ざした。――反発を滲ませる青年の言葉は、気遣いの裏返しだとわかって胸の底が震える。

だがそれを、あえて押し潰した。

「それは、君とは関係ないことだ。もし私を庇って君が命を落とすようなことになれば意味がない。君の目的は、なんらかの成果を得て無事に帰ることで――」

「意味がない、、、？」

低い声が、ウィステリアをさえぎる。互いの間にあるものが明らかに張り詰めた。

火花のような輝きを宿した目が、ウィステリアを射る。

「なら、あなたを見殺しにしろというのか」

ロイドの態度が、明確に硬化する。力を持った言葉はウィステリアを一瞬怯ませた。

それに抗うのには、ひどく力が要った。ウィステリアは一度息を止め、自分を奮い立たせて答えた。

「……そうだ。自分のことは自分でどうにかする。ずっと、そうやって異界《ここ》で生きてきた。失敗したら、死ぬ。それだけのことだ。君には関係のないことだし、君が責任を感じるようなことではない」

金の瞳が、瞬きもせずにウィステリアを見つめていた。その目に捕らわれそうな錯覚を抱き、ウィステリアは手を握って正気を保つ。

ロイドがわずかに目を細くする。奥まで貫くような剣の先を思わせる眼差しだった。

無言は、師の言葉を重く受け止めていることを示すと同時に、真意を試しているようでもあった。

偽りや誤魔化しは、この無言の前に自ずと崩れ落ちるような気さえした。

それゆえに、ウィステリアはあえて自分から踏み込んだ。

「だから、もし……もう一度同じ状況になったとしても、あんな真似はするな。決して」

――あの状況を繰り返さないように努めるが、と小さくつぶやく。

数拍の無言が生じる。

ロイドがかすかに息を吸う音が、いつにも増してウィステリアの耳に響いた。

「次も何もない。再び同じ状況になったら私は同じ行動をとる。何度でもだ」

ウィステリアは紫の目を大きく見開いた。――突如、熱い火を押しつけられたような感覚があった。言葉を一気に奪われ、反論が遅れる。

「何を……!!」

「向こうの世界で誰が私を待っていようが、何があろうが、それこそあなたには関係ない。あなたが負うことじゃない。あなたを見殺しにする理由になどならない」

「な……っ！　か、関係ないとしても、君はそもそも、無事に帰ることが最優先の目的だろう！　そもそも……王女殿下への求婚のためにここへ来たんじゃないか！　命を落とし、帰れなくなるようなことになれば意味がない！」

とっさに、ウィステリアは声を荒らげていた。頭に熱がのぼる。ロイドの配慮に嬉しさを感じる一方で、怒りや苛立ちがまじる。

自分は間違ったことは言っていない。理解の早い青年なら、こんなことは言わずともわかるはずだ。

――自分には関係ない。向こうの世界でのロイドのことは。確かにそれも事実だった。

しかし、そうであるならなぜ己の命を危険にさらしてまで助けようとする。

声を荒らげるウィステリアを、ロイドは正面から見つめた。

「ああ、そうだ。だがそれと、私があなたを死なせないということは別の問題だ」

微塵《みじん》も退く気配のない、頑なな強い声だった。

予想外の反発にウィステリアは頬を軽くはたかれたように感じた。ロイドが生死をさまよった三日間、彼がこの地に留まることの危険性を思い知らされ、だから決断した。弱い自分ごと振り切るつもりだった。だから、そのはずなのに。

――どうして、ロイドはこんなことを言う。

ウィステリアは目を伏せ、強く閉じる。

(だめだ……、だめなんだ！)

揺らぎそうになる自分を戒める。

ロイドのためにも。――自分自身のためにも。

「私を止めたいなら、あなた自身が危機に陥らないことだ。弟子の見本となるのが正しい師のあり方なんじゃないか。なあ、師匠」

気遣いと少しの皮肉がまじったような声で弟子は言う。

――師が不意を衝かれて危機に陥ることがなければ、ロイドもあんな危険な行動に出ることはなかった。

なら、ウィステリア自身が危機に陥らなければいい。そうすればロイドが危険を冒して助けるようなこともない。

ロイド自身が暗に告げるそれは、決して否定できないものだった。

ウィステリアは言葉に詰まった。

それでも声を振り絞ろうとしたとき、朗々とした嘲笑の声がした。

『ずいぶん騎士道にかぶれたことを言うではないか、小僧。自分の口にした言葉の意味がわかっているのか？』

ウィステリアは弾かれたようにサルティスへ振り向いた。

ロイドもまた、テーブルの上に置かれた聖剣に射るような目を向ける。

『たとえお前がイレーネの補佐……手助けのような真似をしたところで、それが常態化したらどうなる』

ウィステリアは息を詰めた。長く、この世界で唯一側に居続けた聖剣は、ウィステリアのもう一つの危惧を正確に理解していた。

――ロイドに助けられ、その安心感と心地よさに自らを委ねてしまうようなことがあれば。

『お前にとっては、己の取るに足らん慈悲まがいや陳腐な自尊心が満たされるかもしれんが、その分だけイレーネは弱くなる』

「……何が言いたい」

『愚か者め。今、お前のつまらん騎士道精神まがいのためにイレーネが他人の手助けを受け入れれば、お前が去った後にどうなる。気の緩みで重大な危機を招くのはイレーネ自身だろうが』

サルティスは吐き捨てるように言った。

ロイドの目は瞬きもせず聖剣を捉え、だがその眼差しに鋭さが増した。

ウィステリアはサルティスから目を逸らし、足元を見つめた。

――サルティスの言葉が、重く厳しく胸に響く。

（……私はここに、残される）

ロイドは向こうの世界へ帰り、自分は異界《ここ》から出られない。――この青年が側にいることに慣れきってしまえば、取り返しのつかないことになる。

思っていたより遥かに速く、驚くべき強さで、ロイドはウィステリアの生活に溶け込みつつあった。そのことに、これまで自分で気づくことすらできなかったほどに。

一人で戦えなければ、そうすることが当然と思えなければ、《未明の地》で生きていくことはできない。それが、遠い過去にサルティスによって叩き込まれた真理だった。

生きたいと強く思っているわけではない。ただ、終わりを自分で選ぶために、魔物に殺されないだけの力は必要だ。

(だから……)

ロイドにとって、自分にとって、取り返しのつかない事態になる前に。

視界の端で、ロイドが何かを探るように小さく視線を動かすのが見えた。そうして、ロイドは冷ややかな声を発する。

「重大な危機、ね。——師匠が、今後もここに残り続けるならの話だろう」

ひゅ、とウィステリアの息が詰まった。頭の中が小さく揺れるような衝撃がくる。

——青年の言葉の意味を理解したとたん、かっと頭に血がのぼった。

ここからどこにも行けるはずがない。戻れたらなどという仮定は遙か昔に捨てた。そう伝え、ロイドも理解したはずなのに。

『詭弁《きべん》を弄《ろう》するか小僧！　無意味な仮定をもてあそんで無益な口論をするほど——』

「……サルト、いい。私が話す」

低く、強い声でウィステリアは聖剣を制した。サルティスは不服そうに息をもらしたが、先を譲る。

顔を上げ、紫の瞳で青年を射てウィステリアは告げた。

「まわりくどい話し方はやめだ。はっきり言う。別の証立てを得て、一刻も早く帰れ」

ロイドの目が瞬く。その両眼に鋭さが増し、闇夜の月に似てウィステリアを見つめた。

「ずいぶん性急だな。何があった？　今回のことでそれほどあなたに負担をかけたというなら……」

「違う。もう問題を先延ばしにできないというだけだ。ここは君がいるべき場所じゃない。来るべきではなかったし、ましてやここに留まるべきではなかった」

ウィステリアは厳しい声で続ける。険しい顔になるのは、自分でもわかるほどだった。

もう退けなかった。

――重く閉ざされた瞼。手足や頬にはしる、侵蝕の痕跡。苦しげに歪められる目元や呼吸。

それが続いた三日間はかつてない恐怖と焦燥に襲われた。あんなことを、また味わうくらいなら。

「帰る手段があるなら、速やかにそうしろ。サルティスを得られずとも、君がこの地で見聞きしたものは十分に価値がある情報であり、魔法もまた必要以上に習得できたはずだ。これだけの期間、この地で生き延び、まともに生還したというだけでも前例のないことのはずだ」

――たとえサルティスの代用を得られなかったとしても、その経験だけで功績とすることは可能なはずだった。

ウィステリアは感情を抑え、論理的に並べ立てる。

怜悧な青年は黙ってそれを聞いたが、感情の読めない、どこか冷ややかにも聞こえる声で応じた。

「蛇蔓はどうする。あなた一人で対処するのか？」

「……こちらで何とかする。君は気にしないでいい」

顔を強ばらせたままウィステリアが返すと、金の目がわずかに細められた。

「一人のときに再び同じような危機に陥ったら、そのときはそのまま死んでやるとでも？」

ロイドの声にはっきりと詰《なじ》る響きがあった。ウィステリアはすぐには答えず、同じ過ちは犯さない、とだけ答えた。

この青年の前であんな危機に陥ったことは、師という身からしても致命的な失態だったと痛感する。

しかしそれもすべて振り払い、ウィステリアは硬く冷えた声で押し通した。

「ここで得た情報も魔法も全て持ち帰って自由に使え。それ以外のことは忘れろ。サルティスのことも。……すべて」

――ウィステリア・イレーネという人間のことも。共に過ごした時間のことも。

胸の中でだけ、そう告げた。――そうして自分も忘れる。

「忘れろ？」

尖った、刺すような嘲笑が響き、ウィステリアは弾かれたようにロイドを見た。

「何を怖れてる。同じ過ちを犯さないというのは私の台詞だ。――今度はあなたが危うくなる前に斬る。あなたを置いて倒れるということもしない」

「そんなことを言ってるんじゃない……！」

「なら、あなたがそんな馬鹿げたことを言う理由はなんだ。忘れろ？　そんなことができるとでも思うのか」

ロイドから、怒りのようなものが滲んでいた。

ウィステリアは強く手を握り、怯みそうになる自分を抑える。

――自分のほうが、理不尽なことを言っているというのはわかる。この青年が怒るのも当然だと、頭の片隅が理解する。だが、それでもなお退くわけにはいかない。

感情を堪え、息を吸う。そうして、ウィステリアは自嘲と共にこぼした。

「忘れられるさ。時間がすべてを風化させる。私が、身をもって体験済みだからな」

――ブライトのことも、ロザリーのことも、向こうの世界のことすべてを、この青年が現れるまでは考えずにいられたように。

きっとこの青年のことも、時が経てば忘れられるだろう。

「だったら、あなたは誰のために《番人》になった」

唐突なその言葉がウィステリアを刺した。肩が揺れ、頬が震えた。

金の瞳の中で、激しい火が散っている。怒りや苛立ち――あるいはそれ以外の何かにも見える、激しいものが。

ウィステリアは強ばる舌をかろうじて動かした。

「そんなことは、関係ない……!!」

「はぐらかすな。時間がすべてを風化させたなら、なぜ隠そうとする。本当にあなたの中で風化したことなら、言えるはずだ」

怒鳴るわけでもないのに、ロイドの声はウィステリアを強く揺らした。逃れようもなく、その声が、問いが入り込んでくる。突きつけてくる。

――もう忘れた。忘れられた。愚かな恋だったと、嗤《わら》えるようになった。

なのに、いま自分の前にいる青年は、かつての愚かな恋そのものの形をしていた。

――美しい銀色の髪、輝く金色の瞳、彫刻のような鼻梁《びりょう》に少し薄めの唇。自分でも見上げるほどの長身に大きな体。その体に流れる血が、あの人と同じものであることを強く証明するかのように。

「イレーネ。あなたが恋うた相手は誰だ」

ブライトと同じ金の目で同じように真っ直ぐに相手を見つめ、ブライトとよく似た強い声をして青年は言った。

――かつて惹かれ、求め、そして失った瞳と声だった。

ウィステリアはわずかに目元を震わせ、息を止めて堪えた。

組んだ腕の、肘上をつかむ手に痛みを感じるほど力をこめた。

(何も……、何も感じてなんかいない)

自分の中で揺らぐものを抑えつけ、閉じ込める。全ては過去のことにすぎないと何度も言い聞かせる。

『イレーネ』

サルティスの呼び声が、ウィステリアを叱咤《しった》した。

それで、ウィステリアは踏み止まる。

息を止めてもう一度吐き出し、動揺する自分を突き放した。

――ロイドがこちらの態度を切り崩すために問うた言葉なら、大した洞察力だった。

ウィステリアは自嘲し、退くな、と自分を戒める。感情を殺して、ロイドを見た。

「君は、何か勘違いをしているようだ」

黄金の両眼が一瞬見開かれる。

「私と君はただの、仮の師弟関係でしかない。それも君が一方的に申し出てきた関係だ。奇遇にも、立場上は伯母と甥であるようだが、それも他人とほぼ同義だ。そんな関係の相手に、なぜ過去のことなどを聞く？　それは君の鍛錬に必要なことか？　私が君に、不要な詮索をしたことがあったか？」

神経を引き絞ってたたみかければ、言葉は勝手に浮かんだ。

青年の薄い唇がわずかに開く。だがそこから、先ほどのような鋭利な問いが放たれることはなかった。

摩擦が起きたように、ウィステリアの頭は熱を帯びる。どくどくと心臓が鳴っている。放った言葉はもう消せない。止まることもできない。あとはもう突きつけるだけだった。

――二度と、ロイドの問いに心を乱さないために。踏み込ませないために。これ以上、互いに関わらないように。

「言わなければわからないなら、はっきり言う。私のような耐性がなく、一人で生き延びる力もなく、それにもかかわらず向こうの世界へ無事に帰さなければならない――そういった人間がいるのは、迷惑だ」

決定的な言葉を、口にした。

嵐のように騒ぐ鼓動や散り散りの感情に蓋をして、ただサルティスの存在に意識を向ける。

――厳しく、強く、揺らぐことのない聖剣なら、きっとここまで言うだろう。

ロイドの目が、はっきりと見開かれた。その表情に心が細波《さざなみ》を立てるのを感じながら、ウィステリアは自分を強く抑えた。

反論の隙を与えずに言葉を重ねる。

「私一人なら、どうにでもできる。だが君のようにこの地で生きられない人間のことまで――、っ!」

――獲物を狙うように金の目が細くなったのは一瞬だった。

ロイドが唐突に距離を詰め、ウィステリアが腕に強い力を感じた瞬間、体の均衡を崩した。テーブルが揺れる音と背に軽い衝撃。背中が硬いものに当たり、息を詰める。

手首に圧力がかかる。ウィステリアは反射的に閉じた目をすぐにこじあけ、視界に映ったものにびくりと体が強ばった。

大きな体が覆うような影を落とす。その影の中、淡く光る長い睫毛があり――月を思わせる両眼が見下ろしていた。

黒の上衣に、襟や肩に施された金糸が妙に鮮やかに映る。広い肩の向こうから、束ねられた銀の髪の一房がこぼれ落ちる。

倒されて両手首を縫い止められ、ウィステリアは動けなかった。

――昨晩の記憶が生々しく脳裏をよぎり、体が硬直する。

「一人でどうにでもできる？　こんなに簡単に隙を突かれながら？」

低い声が嗤う。整った唇の端だけがかすかにつり上がっている。

刺すような気配に、ウィステリアは声を失った。

『――何をしている、イレーネ』

サルティスの厳しい声が側から聞こえたとき、かろうじてウィステリアは正気を取り戻した。

羞恥と屈辱のまじったもので顔に熱が上り、押さえつける手を振り払おうともがく。

だが令嬢として過ごしていたときより遥かに鍛えた体をもってしても、ロイドの拘束は揺るがなかった。

「――っ」

昨晩の記憶が目の裏によぎる。ウィステリアは魔法を使うことに意識を振り向け、それを払った。

手首を押さえつける箇所に、言葉にしないまま《弛緩》を発動させる。

しかし体に流れる魔力が突如滞り、発動が妨げられた。

見開いた紫の目に、青年の鋭利な微笑が映る。好戦的で研がれた刃を思わせる笑みだった。

「同じ技はそう何度も食らわない」

押さえつけられた手首から、ロイドの熱が生々しくウィステリアに迫った。まるで、触れたそこから熱湯でも流し込まれるかのような感覚。

「《関門》には干渉できる——干渉できれば、魔法の発動を阻害できるのか」

ロイドの言葉に、ウィステリアは息を止めた。あげかけた声を、寸前で堪える。

——手首と足首の《関門》は魔力の流れを司る。かつて教えたことの意味を、ロイドは想像以上に理解している。

熱湯を流し込まれたように感じるのは、肌を通り抜けてあの白金色の魔力——ロイドの魔力が注がれたからだと遅れて思い知る。

衝撃で硬直したウィステリアに、熱を帯びた気配が迫った。吐息を感じ取れそうなほど近くまで、ロイドが顔を屈める。

「無防備すぎるんじゃないか、師匠。これで、一人で戦う？」

明らかな皮肉が、ささやきのように響く。

——一人では戦えない。

そう揶揄されていると悟った瞬間、ウィステリアの頭にかっと血がのぼった。

間近にある金の瞳を睨むと同時に、自分の魔力に混ざり込んでくるものを無視して《転移》を放った。

背に押しつけられていたテーブルが消えて姿勢を崩しかける。よろめきながら床に踏み止まり、即座に振り向こうとする青年に手を触れた。

ロイドの背に触れた手から、今度こそ《弛緩》が発動する。一瞬踏み止まる様子を見せながらも、長身が片膝を折った。

太い銀の眉がつり上がる。見上げてくる金の瞳を睨み返し、ウィステリアは声を荒らげた。

「傲慢も度が過ぎるぞ、ロイド・アレン＝ルイニング！」

怒りも露わに、突き放すようにその名を叫んだ。

――《関門》に干渉され、魔法の発動を阻害された。その衝撃と動揺をも振り払うように、ウィステリアは強く手を握った。

「サルティスの代替を探すと言った。あれは嘘か!!」

切りつけるように叫ぶと、ロイドの目元が歪んだ。

声の残響ばかりが尾を引き、やがて沈黙に変わる。空気が張り詰め、肌が擦れるような緊張が場に満ちた。

紫と金の目は互いに睨み合う。

やがて、低い嘲《あざけ》りがそれを破った。

「ああ。あなたの望みは、私があなたの前から消えること――それだけだったな」

その言葉が、ふいにウィステリアの胸に刺さった。とっさに揺れた唇の奥で、息が詰まる。

ロイドがゆっくりと立ち上がる。《弛緩》で少し足元がふらついたが、それだけだった。

金眼は尖った光を宿したまま、冷えた色で感情を覆い隠してウィステリアを射た。

「約束は守る。それはあなたも同じはずだ。蛇蔓の排除が終わったら《転移》を教えると言ったな。残る調査箇所は三箇所だ。それを終えてから、代替手段に切り替えるか、当初の予定通りあなたに挑むかを決める。――その後に帰還する」

これ以上は譲歩しない、と暗に告げるような強固な声だった。

ウィステリアは数拍の呼吸を要した。その後で、ようやく答えを絞り出す。

「……わかった。それでいい」

抑えた声が、少しかすれた。答えを聞いたとたん、ロイドは背を向ける。そして自分の剣を手に、踵で床を蹴って浮かび上がった。

ウィステリアは反射的に声をかけようとし、手を握って止めた。

銀の髪を揺らし、長身が天井に吸い込まれて消える。

――どこへ、とは聞けなかった。お互いに今、できる限り離れることを必要としている。

否。あるべき距離に戻ろうとしているだけだ。

(これで……、いいんだ)

かつての夜に繰り返した言葉を、再び胸に繰り返す。突き放したあの夜。――だが今はもっと遠い。自分で、そうした。

残り三箇所。蛇蔓の有無を確かめ、それが終われば。

切り傷に似た痛みを訴える胸を、手で押さえた。頬は熱いのに、頭の中は急激に冷えていく。

重く澱んだ空気に耐えかねて目を伏せ、ウィステリアは足元を見つめた。

『……ふん。暇でもないのに、無駄に長々と小僧の相手などして時間を浪費しおって。他にとりかかるべき重大なことがあるだろうが』

サルティスの苦り切った声がする。ああ、とウィステリアは力なく肯定するしかなかった。

——ロイドは、夜になって無言のうちに戻ってきた。

ウィステリアも声をかけることができず、一言の会話もないまま、互いに寝室に引き上げた。

二章◆暴食の蛇

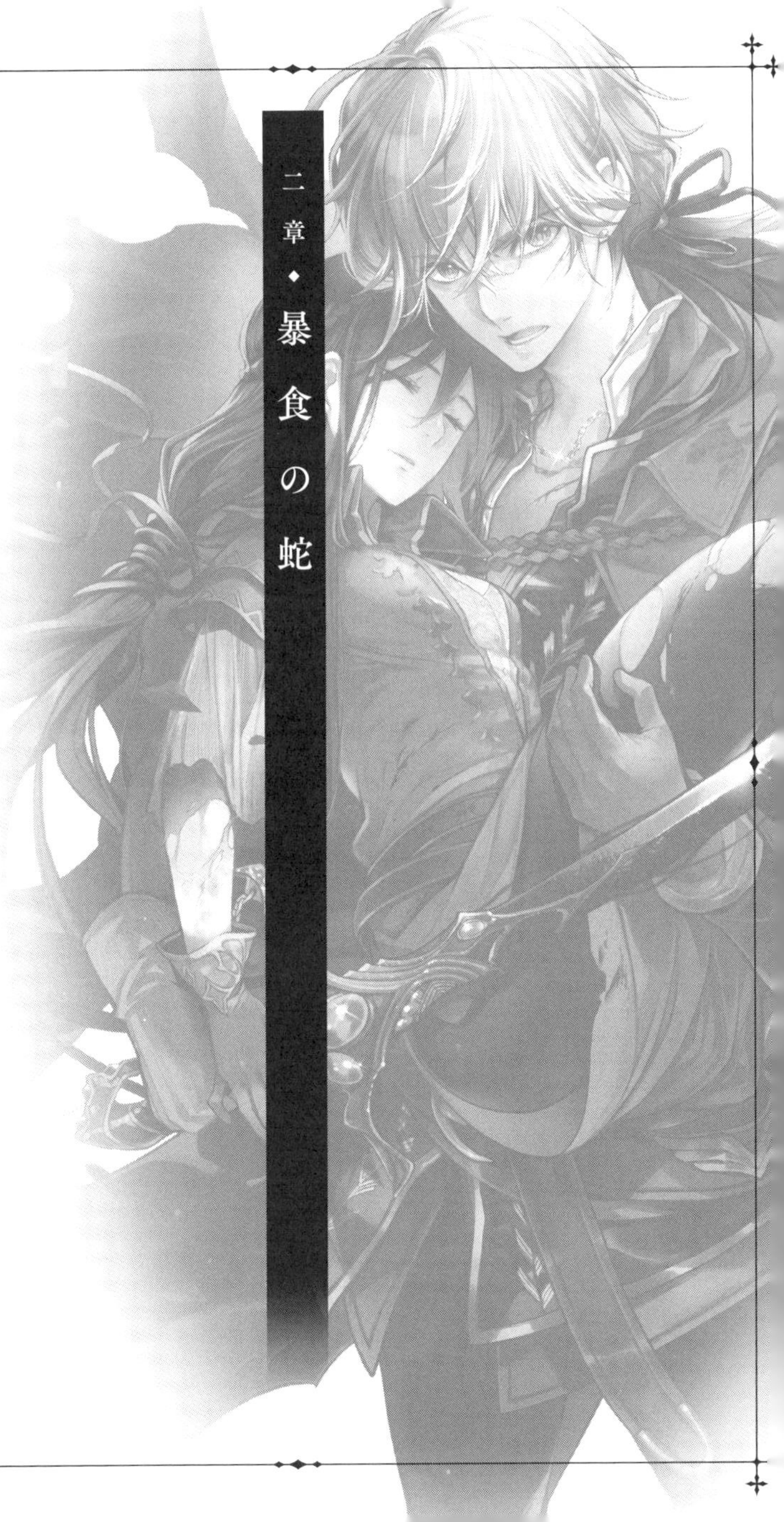

予兆

翌日の朝は、ウィステリアにとってこれまでになく気詰まりなものだった。

「……おはよう」

「ああ」

顔を合わせて反射的に言葉が出ると、ロイドは簡素な答えを返してくる。――いつもより冷淡であるようにも、変わらないようにも見え、ウィステリアは少しの息苦しさを感じた。

ロイドが感情的に怒鳴ったり、不快感に任せて無視するようなことはしないのが救いである半面、どう思っているかもわからない。

一際ぎこちない朝食を終える。その後は、もはやなすべきことは一つだった。――《転移》で向かった先の、《蛇蔓》の調査だけだ。

二人で過去の記録をもう一度確認する。少なくともウィステリアが観察した限りでは、《転移》で向かった先では大きく四箇所ほど《大竜樹》があり、そのうちの一箇所はロイドの力を借りながら排除した。残るは三箇所だった。

ロイドが、左半身に碧の外套を羽織った。その腰には既に剣を帯びている。

ウィステリアはサルティスを抱えながら自分を鼓舞し、問うべき事を口にした。

「……体は、大丈夫なのか」

「見ての通りだ」

ロイドの端的な答えが返る。ウィステリアが見た限りでも、生死の狭間をさまよい、伏せっていたとは思えない回復ぶりだった。

『ぐずぐずするな、未熟者ども！　遊んでいる時間などない！　遅れた分、急ぎ挽回しろ！』

金の目がウィステリアに抱えられた剣を一瞥し、師に戻って軽く肩をすくめた。

「――だ、そうだ」

ウィステリアは浅く首肯し、サルティスを抱えたまま床を蹴った。

《浮遊》でそのまま天井を抜け、外へ出る。ロイドもすぐに追ってくる。

空は、まだ暗さを残していた。地層のように、瘴気の濃度でいくつも色の違う層ができている。いまウィステリアの前に広がるのは、どこか黄昏を思わせる色合いだった。空の高い所では黒と暗い赤が混ざり合い、下層に行くにつれ暗い緑に変わっている。その暗さを受け、乾いた大地はより色濃く荒れたもののように見えた。

――ふいに背後から抱き寄せられ、ウィステリアの体は強ばった。

だが腕の中のサルティスを強く意識し、落ち着きを呼び戻した。

前回と同じように《転移》で飛ばなければならないために、ロイドは背後から片腕を回して自分を抱えている。それだけのことだった。

ウィステリア自身も、そのつもりで青年に背を向けていた。

一つ息を吐いて、短く声をかけた。

「飛ぶぞ」

ウィステリアは目を閉じる。到着点を瞼の裏で思い描き、魔力を引き絞り、《転移》――と低くつぶやいた。

体が一瞬、縦に揺さぶられるような感覚があった。その次に足元がぐらつき、ウィステリアは目を開けた。《浮遊》の維持に強く意識を向け、空中で静止する。

背後から回されていた腕が解けていく。

足元を見れば、暗緑色の大竜樹があった。数日前に戦闘があったそこは、今は静寂に沈んでいた。《四枚翅》や《六枚翅》といった魔物たちの大量の骸は、屍肉《しにく》漁りの魔物たちにほとんど片付けられたのか、見当たらない。

蛇蔓に寄生されていた巨木は、見慣れた大竜樹の姿を取り戻している。

だがその光景を見て、ウィステリアの眉間は険しくなった。

（……魔物の遺骸を放置したのはまずかったか）

六枚翅の虫型の魔物が生んだと思われる四枚翅の魔物――あれはおそらく、濃い瘴気を取り込んだ六枚翅から変異体として生まれたものだ。その変異体の遺骸を他の魔物が捕食したとなれば、濃縮された瘴気が屍肉漁りの魔物に蓄積される。今度は、その魔物の変異を促しかねない。

――しかしあの時、ロイドが倒れた恐怖と焦燥に駆られ、そのことまでは考えられなかった。

（悔いても仕方ない）

ウィステリアは小さく頭を振った。ロイドの無言の視線を横顔に感じながら、行こう、と先を促した。

しばらく《浮遊》で飛び続けると、次の大竜樹が見えてくる。

新たな大竜樹の色や形が明らかになっていくにつれ、異変もまた露わになっていった。

――でたらめな葉のように広がる、黒い霧状の瘴気。その下に伸びる、黒い巨木。巨大な幹には黒い蔦が無数に這い、大竜樹の元の色がわからなくなっている。

「ここもか……！」

顔を歪め、ウィステリアはうめいた。

『油断するな。我が前で二度も醜態をさらすなよ』

サルティスが険しい声をあげる。わかってる、とウィステリアは抑えた声で答え、《浮遊》で更に進んだ。ロイドも遅れずについてくる。

正面に見える大竜樹は、次第にその姿を大きくしていく。

霧状の瘴気は、大きな茸のかさを思わせる形状で大竜樹の枝を覆い、広がっていた。

ウィステリアの体に一層の緊張がはしった。――この濃度とこの範囲なら、ほぼ間違いなく魔物が集まっているだろう。いつでも魔法を撃てるよう、神経を集中させる。

慎重に接近していく。動く影はまだ見えない。前回のような歪な建造物もない。

（飛行能力を有したものや、地上を移動する魔物はいない……）

広い幹に網目状に走る蛇蔓がはっきり見える位置で、ウィステリアはいったん止まる。

ロイドが隣に並ぶ。金の目が、鋭く地上を睥睨《へいげい》した。長身の青年から発せられる気配が更に硬化したとき、ウィステリアも異常に気づいた。

蛇蔓に覆われた大竜樹の周りで、動くものは他になかった。

生き物の鳴き声も羽音もない。大竜樹の上にこれほど濃い瘴気が発生していることを考えれば、逆に不安を覚えるほどだった。

「――残骸か」

ロイドが短く指摘する。ウィステリアは弾かれたように振り向き、そして金の目が向く先を追った。その言葉の意味に遅れて気づき、息を吞んだ。

大地は巨大な爪で引き裂かれたようにひどく荒れている。――掘削痕《くっさくこん》。

大きく掘り返された土は大竜樹周辺のものより色濃くなっているのがわかった。目を凝らせば、赤、暗い緑や青、大量の水を吸ったような色濃い茶色などで乱雑なまだら模様になっている。そして掘り返された土の中に、魔物と思しきものの体毛、あるいは爪や牙の一部と思われるものがあった。

血痕や残骸からすれば、おそらく夥《おびただ》しい数の魔物がここにいた。だがそのほとんどが、わずかな痕跡を残して消えている。

ウィステリアの背に冷たいものがはしった。

――血に濡れ、まばらな亡骸の散る大地に、コーラルを失ったときの記憶が重なる。

ウィステリアは体に力をこめて耐えた。

(ディグラじゃない。あいつはもっと、無駄の多い……惨《むご》い食い散らし方をするはずだ)

ただ弄《もてあそ》ぶために狩ったのではないかと思えるくらい、大量に狩ってはわずかだけ食らい、多くを捨てるということを繰り返していた。自分の知るディグラの仕業なら、もっと多くの亡骸が残るはずだった。

ウィステリアはこみあげるものを堪え、無感情に口を開いた。

「巨大な肉食系の魔物が現れたようだ」

「かなり大きな掘削痕だな。《大蛇》か」

「……ああ」

青年の問いに、ウィステリアは短く答えた。

紫の目で、大竜樹周辺をもう一度見渡す。

「──かなりの数の魔物が集まっていたはずだ。おそらくそれをまとめて襲ったんだろう。ほとんど残さず捕食してあるということは、よほど飢えていたか、ディグラ以外の《大蛇》である可能性が高い」

言いながら、ウィステリアは自分の顔が強ばるのを感じた。一抹の疑念が脳裏をよぎった。

──他の《大蛇》であれ、こんな暴食と言えるほどに大量に捕食した場面など見たことがない。

しかし《大蛇》以外の大型の捕食者などすぐには思いつかない。

『おい、《大蛇》なら余計にまずいぞ。あの四眼以外であろうと、力を蓄えられるのはますます面倒なことになる』

サルティスの険しい声に、ウィステリアは意識を引き戻す。そこにこめられた意味が、重く響いた。

ディグラほどではないにしろ、《大蛇》は種として魔法耐性が高い。まともに正面から戦うのも手こずる敵で、そこへ力をつけられたらと考えるだけでも暗澹《あんたん》とした気分になる。

『追え――と言いたいところだが、掘削痕が消えているな。厄介な。まあいい、ともかく、この場所の蛇蔓を速やかに処理しろ』

ウィステリアはうなずき、サルティスを腰に佩《は》いて両腕に魔力を集めた。それが呼び水となって周囲の瘴気も吸い寄せられ、糸を縒り合わせるように紫の魔力と黒の瘴気とが混ざり合い、ウィステリアの腕に絡みついていく。

やがてその力は一つに統御され、巨大な弓矢を形作る。

地上に向かって構えながら、ウィステリアは目だけで隣の青年を見た。言葉にする前に、ロイドは軽く肩をすくめた。

「ここはあなたに任せる、師匠」

魔物の姿がなく、蛇蔓だけが残っている状況の意味を、怜悧な弟子はすぐに理解したようだった。

前回と同様に、誘い出して幹から引き剥がし、殲滅《せんめつ》する。それには、《天弓》を使うのがもっとも速く、確実になる。

ウィステリアは顔を地上に戻し、超常の弓に魔力の矢を番《つが》えた。

紫の光を帯びた黒い矢が、雨のように降り注ぐ。

大竜樹の外周に降った矢に蛇蔓が反応し、幹から立ち上がって蠢《うごめ》く。蛇のように首をもたげたところを、追撃の矢が襲った。

それが何度か繰り返されると、地上で蠢いていた蛇蔓は瞬く間に元の形を失った。わずかに痙攣《けいれん》するようにのたうったあと、枯れて砕けた植物のように地に落ちる。

大竜樹に絡みついていた残りの蔓も変色して自ずと剥がれ落ちると、冠のごとく大竜樹を覆っていた瘴気が徐々に散り、色を薄くしていった。

瘴気の霧散を確認すると、ウィステリアは《天弓》を解き、ロイドと共に次の大竜樹へ向かった。《浮遊》で再び暗い空を駆ける。ウィステリアは地上に《大蛇》の痕跡を捜し、一歩後ろからついてくるロイドも同様にしていることを感じていた。

一定の速度で飛び続けているうち、次の大竜樹の影が見えてくる。

ウィステリアは眉根を寄せ、苦く胸中でつぶやいた。黒い傘を差したように、大竜樹の枝を覆う瘴気がある。この大竜樹もまた、蛇蔓に侵されている。

（……まだ）

ウィステリアとロイドの間で、強い警戒が漂った。

近づいていくうちに、黒い傘の中で、いくつもの影が動いているのが見えた。

ウィステリアはいったん静止し、蠢く影に目を凝らした。だが濃い瘴気が煙幕のようにその姿を覆い隠し、判然としない。隣に並んだロイドも同じ様子だった。

ウィステリアは腰元のサルティスに確認するように――同時に、傍らのロイドにも共有するために、言葉にした。

「複数だが、ここから見える限りでは六体ほどのようだ。飛行能力を有している、大きさは――先日の六枚翅より上か」

『動きはさほど速くないようにも見えるが、断定はできん。瘴気で隠されているのが面倒だ。払ってみろ、イレーネ。敵が確認できればよい』

ウィステリアは右手を持ち上げた。軽く、手を握る。手首の辺りが一瞬光ると、紫の輝きを帯びた無数の小さな飛沫が弾けた。《関門》を少し開き、多くの魔力を周囲に撒くと、輝く飛沫は大竜樹に向かって落ちていく。

ロイドの目が、無言でそれを眺める。

必要なだけの魔力が大竜樹の周りに漂ったあと、ウィステリアは腕で大きく一閃した。

「《吹き飛べ》」

撒かれた魔力が、一斉に反応した。黒い傘をなしていた瘴気が、魔力に反応して溶けあい、突風となる。瘴気の幕が歪み、引き伸ばされて薄くなると、中から現れたのは菱形を倒して重ねたような扁平状の姿をした魔物だった。

針のような尾が長く伸びて、一瞬、歪な凧《たこ》を思わせる。だが強風に煽られて空中で横転すると、表皮に埋もれていたらしい複数の眼球が立ち上がり、体の裏側には数多の手足がついているのが見えた。

そこまで確認し、ウィステリアはもう一度手を握る。とたん、吹き付けていた風が勢いを失い、瞬く間に瘴気が再び傘となって覆った。

「——地面にも痕跡がある」

ロイドが低い声で言った。ウィステリアは弾かれたように大竜樹の周りを見た。

――《大蛇》か。

だが土を穿《うが》ったような穴は小さく、《大蛇》が作る長く抉るような跡とは違った。

前回のような異様な建造物などもない。小さく穿たれた穴は、地中深くまで潜る《土蟲》のものというより、《潜魚》のそれに近いように見える。

ウィステリアは両手の平を上にして魔力を集中させた。掬《すく》った水が溢れるように、魔力は空中に散り、地上へ落ちていく。紫の目は地を見つめ、穴を穿たれた部分の土や砂礫《されき》の感触を鮮明に思い描く。撒いた魔力が媒体となって手の平を同調させる。

そうして白い手が翻り、手首で交差した。

とたん、干渉された土の表層が自ら震え、掘り起こされる。地中の浅くに掘られた穴の跡が明らかになったが、そこにも他の魔物の姿はなかった。

――露出したのは、土中に潜んでいた蛇蔓の細い触手だった。

地中に隠れていたそれは一斉に身を震わせて立ち上がり、鞭のようにしなって地面を何度も打つ。土に干渉した魔力を感知し、獲物を求めて地を這っている。

ウィステリアは紫の目を凝らした。

(地中にいたはずの魔物はどこへ消えた？)

蛇蔓や《大蛇》に捕食された様子でもない。ならばあの瘴気の中にいる扁平状の魔物かと思ったが、地に潜る型ではなく飛行型のようだ。

ふいに、傍らで剣が鞘に擦れる音がした。振り向くと、ロイドは抜き身の剣を手にしている。ウィステリアは急いで制止する。

「待て。いま降りるのは……」

「前回と同じ失態は犯さない。蛇蔓を誘い出して排除するのはあなたに任せる」

地上を睨んだままロイドは言った。冷静さを失っていない様子に、ウィステリアもそれ以上は言えなかった。

――少なくとも、地上に降りなければ蛇蔓の攻撃は届かない。今ここで完全に排除できれば、ロイドも自分も安全に降りることができる。

「――わかった」

ウィステリアは短く答え、再び腕に魔力を集中させた。気を引き締めて《天弓》を生成する。半身を引き、地上に向けて魔法の矢を番えた。威力を調整し、矢から手を離す。

とたん、放たれた矢は礫《つぶて》のように分裂し、紫の光を帯びながら大竜樹の周りに円状に降り注いだ。

黒い大竜樹が突如身震いし、その幹から蛇蔓が立ち上がる。蔓だったものは触手とも無数の蛇ともつかぬ動きで囮《おとり》の矢に躍りかかった。

幹から離れて伸びきった蛇蔓を、ウィステリアは狙い撃ちにした。本来の威力で放たれた第二の矢が剣の雨のように降り注ぎ、蛇蔓のことごとくを穿った。伸びた蔓も地中から体を起こした触手もまとめて千切れ弾け飛び、残骸が舞う。

大竜樹に傘を差していた黒い瘴気が、掃いたように薄くなりはじめる。

やがて時間と共に、瘴気に匿われていた扁平状の魔物が露わになった。

夙を思わせる扁平の魔物は、七体いた。体を波打たせるようにして空を泳いでいる。

ウィステリアの視界に、碧の外套の裾が翻った。

「！　な、待て……!!」

ウィステリアのとっさの制止も聞かず、ロイドは抜き身の剣を手に速度を上げて魔物に向かった。

ウィステリアは《天弓》を魔物たちに向ける。だがロイドが向かっているために、すぐには撃てなかった。

青年の手にある剣は、白い炎のように燃えている。魔法の証である白金の光で包まれているためだった。

ウィステリアの目に、《強化》の魔法を帯びたその剣は何倍にも長くなったように映った。

――《関門》を開いたのだと悟ったのは一瞬で、長大な剣は光の尾を引きながら大きく空を切り上げた。

残像は白の巨大な三日月となり、突風のように魔物に襲いかかる。

白い弧と衝突した瞬間、魔物が爆ぜた。

弧が消えるのを待たず、ロイドは更に水平に一閃した。

今度は水平に光が飛び、攻撃線上にいた魔物を両断する。

ウィステリアは息を詰めて一連の動きを見ていた。

（間合いを重点的に拡張して、距離を詰めずに戦えるようにしたのか……！）

単純な《強化》の魔法は、持ち主の魔力や使い方に応じて威力や有効距離を拡大させる。ロイドは《関門》を開けることで《強化》の魔法を更に調整し、距離を伸ばす効果を増大させたようだった。通常の攻撃魔法と違い、《強化》をまとわせた剣は、魔法さえ維持できれば振るうだけで攻撃でき、しかも連続して繰り出すことができる。ほぼ一撃で魔物を倒しているところを見れば、威力も申し分ないようだった。

ウィステリアは感嘆と衝撃を覚えた。――ロイドは剣を使いながら、魔法を併用して自分の間合いを拡張するやり方を身につけはじめている。

四体目が更に消し飛び、残るは三体だった。それらは獣声をあげながらロイドに向かう。

だがそのとき、飛び出した魔物の背後に細く黒い一筋の瘴気が――黒い糸が迫り、魔物に触れるのをウィステリアは見た。

ロイドが輝く剣を再び振りかぶると同時、突然、魔物が黒い渦《うず》に呑み込まれる。三体とも消える。

『何……っ!?』

サルティスの声が耳を打つ。ウィステリアは乾くほど目を見開き、声を失った。

薙ぎ払おうとした姿勢で、ロイドもまた金の目を見開く。

扁平な魔物を吸い込んだ渦は、すぐに弾けて消えた。後には欠片も残さず、魔物がそこにいた痕跡すらなかった。

雷に打たれたような衝撃のまま、ウィステリアは大竜樹に目を向けた。

腕を下ろしたロイドの目もまたその後を追う。

黒い渦に吸い込まれた魔物は、巨木の幹に磔《はりつけ》にされていた。だが他の二体の姿はない。

磔にされた一体は、無数の黒い糸で幹に巻き付けられていた。

ロイドが疑念に目を歪める。

ふいに、太い幹の後ろから巨大な虫の脚が現れた。長く、灰色の毛に覆われた脚が、一本二本、三本と幹にかかり――そうして、その体と頭部が幹の背後から現れた。

蜘蛛によく似た、濁った赤と黒の縞模様をなす下腹部と数多の足。だが頭部にあたるはずのそこから伸びるのは細長く扁平状の胴で、どこか鋼を思わせるような濃い灰色だった。湾曲した牙を持つ顎。頭部から突き出た角状の器官。何対もの眼球は暗い赤だった。

ウィステリアは、凍りつくような寒気を背に感じた。

「《大蜘蛛》……!!」

――地上の不可解な穴。夥しい魔物がいたことを示す痕跡があった一方で、残骸なく消えたような違和感。そして今、扁平状の魔物もまた三体のうち二体が跡形なく消されていた。

《大蜘蛛》は、磔にした魔物に牙を突き立て、捕食しはじめる。

『ぐずぐずするなイレーネ！　あれに《移送》の力を強化させるな！』

「――っわかってる！　必ずここで倒す！」

サルティスの鋭い叫びがウィステリアの硬直を解いた。

自分自身に命じるように叫び返し、ウィステリアは腕に魔法の弓を維持したまま、降下に転じた。

すぐに碧の外套が視界に閃き、ロイドが並ぶ。

目を向けないまま、ウィステリアは言った。

「《大蜘蛛》は自らも転移する。距離には十分気をつけろ！　《大盾》で身を護れ。最優先で狙うべきは頭だが、何より決して無理に攻めるな！」

「了解。あなたは距離を取れ」

ウィステリアは一瞬、反発しかけた。――下がっていろと言われたように感じた。

だが感情を振り払い、ただ事実で反論した。

「近距離で攻撃して短期決着に持ち込む。君こそ巻き込まれるなよ！」

大竜樹が迫る。《大蜘蛛》は獲物に夢中で動かない。その《大蜘蛛》の頭上、斜めの位置でウィステリアは静止し、素早く《天弓》を構えた。

ロイドもまた、その意図をいち早く察したように一度停止し、ゆっくりと後退する。

ウィステリアは魔力の矢を番え、先ほどよりずっと多く魔力をこめて引き絞った。

矢は黒紫の光を放ちながら肥大化し、ウィステリアの腕よりもなお太くなる。

紫の瞳が眇められ、《大蜘蛛》に矢を向けた。頭は狙えない。直撃すれば、そのまま貫通して大竜樹をも傷つけかねない。

幹からわずかにはみ出した、赤と黒の蜘蛛状の下腹部を狙う。狙いを定め、静止した一瞬に、ウィステリアは手を離した。

投擲《とうてき》された槍のように、鈍い紫色の残光を引いて矢が飛ぶ。

その鏃《やじり》が、幹からわずかにはみ出た魔物の体に接触した――そう見えた。

ウィステリアの目に、巨大な黒い穴の残像が一瞬だけ映った。

極大の矢は幹をかすめるように飛び、獲物を捕らえることなく瞬く間に遠ざかる。

『イレーネ！』

サルティスの叫びが聞こえたとたん、ウィステリアは《大盾》を展開した。体を包むように球状に発現させたとたん、強い衝撃が足元を襲った。爆ぜるような音と共に暴風が突き上げてくる。展開したはずの魔力の壁が消失する。

ウィステリアは足元を見、息を呑んだ。

長い胴を持ち上げ、まるで首をもたげるようにして《大蜘蛛》が真下にいた。

顎から吐き出した黒い瘴気の糸が、こちらに向かって伸びたまま途中で断ち切られている。

――放たれた《移送》の力と《大盾》が衝突し、相殺されたのだと悟る。

《大蜘蛛》の顎が再び糸を吐こうと動いたとき、ウィステリアは《転移》で逃れた。

魔物から少し離れたところに浮かび、反射的に《大盾》を再び展開しようとしたとき――《大蜘蛛》の顎下に、碧が翻るのが見えた。

一気に距離を詰めていたロイドが、白い光焔《こうえん》をまとった剣で魔物の顎を狙う。

即座に、周りに黒い糸を圧縮したような渦が現れ、斬撃の白い光が真っ直ぐにそれを貫く。

――だが、《大蜘蛛》の姿は黒い渦ごと消えていた。

異質の魔物はロイドから離れ、北の方角に突如として現れる。考えるより先に、ウィステリアは《天弓》を構え撃った。矢が飛ぶ。しかし到達する前に黒い渦が再び《大蜘蛛》を呑み込み、更に北上したところに遠く小さな姿となって現れる。

次の瞬間に再び消え、更に遠く、小さな点になる。——遠ざかっていく。

『逃すな！』

サルティスの険しく張り詰めた叫びを聞きながら、ウィステリアは空を駆けた。いったん剣をおさめたロイドが隣に並ぶ。

「あれはどこへ向かってる」

「——おそらく、次の大竜樹だ。この分だと、そこにも蛇蔓が発生しているだろう」

ウィステリアは苦く応じた。《大蜘蛛》が出現した——そのことの衝撃が、今になって強く襲いかかってくる。

あの異常な《転移》の力を封じないことにはまともに倒すことも難しい。《転移》を繰り返して逃げているところからすると、今はまださほど長い距離の移動は無理なようだが、力を付けて長距離の移動が可能になれば、《大蛇》よりも難敵になる。

（……どうする）

《大蜘蛛》を追いながら、自問自答する。苛立ちと焦燥に顔を歪めたとき、隣から怜悧な声がした。

「師匠。あれの動きを止められるか。少しの間でいい」

ウィステリアは弾かれたように振り向いた。ロイドは前方を見たまま、作りもののような横顔だけを師に見せた。

「できないことはないが……」

「ならやってくれ。後は私がやる」

ウィステリアは一瞬目を見張り、反論に口を開く。だがロイドの低い声に遮られる。

「方法を論じる時間はないんだろう。今止めるしかない」

『ふん。小僧にしてはまともなことを言う』

ウィステリアの腰元から、サルティスが不機嫌な声をあげた。

ロイドの言葉が正しいことは、ウィステリアにも理解できた。今はためらう余裕もない。それでも、わずかな懸念と抵抗をこめて答える。

「……《大蜘蛛》の動きを封じることで手一杯になる。援護は、できないぞ」

「逃亡を封じる以上のことは望んでない」

そう応じたロイドの声に、感情は読み取れなかった。

――ウィステリアは喉に言葉を詰まらせた。

ロイドに信頼されていない。そう感じて、にわかに胸が騒ぐ。

（馬鹿なことを）

突き放したのは自分で、この青年は間もなく向こうへ帰る。何の不思議もない。

（今は、そんなことを考えている暇などない）

ウィステリアは自分にそう言い聞かせ、《大蜘蛛》の動きを一時的に封じるということだけに意識を割いた。

それ以上の言葉を交わさず、《浮遊》の速度を上げた。

出現

間もなく次の大竜樹が視界に現れ、葉のないはずの巨木に、過剰な瘴気が黒い葉のように茂っているのが見えた。これまでに見たものよりは量が少ない。蛇蔓がまだそこまで成長しきっていないのかもしれなかった。

ウィステリアは周辺を警戒しながら接近する。

他の魔物の姿は見当たらない。だが更に近づけば、頬を叩く風に生温さと血腥《なまぐさ》さがまじった。

――大竜樹の周りに、他の魔物の亡骸と思しきものが散っている。

捕食者たる魔物が出現したのだとウィステリアは直感する。痕跡からして《大蜘蛛》とは思えない。

数体の鳥型の魔物が、低く大きな叫び声をあげて大竜樹の周りをけたたましく飛び回っている。

（あれか……？）

訝った瞬間、大竜樹の幹から、黒い糸が飛び出した。飛び回る魔物に次々に接触したかと思うと、黒い渦が発生し、魔物を呑み込んで消える。

渦は次に巨木の幹の近くに発生し、魔物を吐き出す。幹の後ろから再び黒い糸が伸び、瞬く間に魔物を幹に縛りつける。

そうして巨木の向こうから、《大蜘蛛》が再び姿を現した。灰色の毛を生やした脚で自在に大竜樹に張り付き、磔にした獲物を捕食しはじめる。

『《大蜘蛛》以外への警戒も怠るな』

サルティスの警告にウィステリアは無言で答え、一度ロイドに振り向いた。孤高の月を思わせる目が見つめ返し、言葉ではなく剣を抜いて応じる。

ウィステリアはただ短く告げるに留めた。

「――《大蜘蛛》を蛇蔓から引き離したら、敵の《関門》に干渉して魔法を阻害する。その間に討《う》ってくれ」

「了解」

青年の返事を聞き、ウィステリアは再び《大蜘蛛》に向かって距離を詰めた。敵が捕食に意識を奪われている間に、刺激しないで済む限界の位置で滞空する。

そうして静かに息を吐き、一度目を閉じて、開いた。

特異な魔物の姿に、存在に、意識を集中する。膨らんだ下腹部。そこから伸びる何対もの脚。百足《むかで》に似た長い胴、その先の角と牙を持つ頭部。湾曲した対の牙に、橋渡しをするように黒い瘴気の糸がかかっている。

――奇異な外見を持った魔物の魔力の流れを視《み》る。表皮の下、黒い瘴気が砂嵐のように迸《ほとばし》り、その体を巡っている。

その循環の中で、頭部、下腹部と胴の境目、下腹部の最下部で、一際強く、黒い飛沫をあげている部位があった。

湾曲した牙と角を持った頭部に意識を向けながら、ウィステリアは自分の両手首の《関門》を慎重に開いた。無数の砂を撒くように、手の平から魔力の粒子を流して風に乗せる。淡く紫に輝くそれが、暗い空の中で星の光のようにきらめいた。

大竜樹が揺れる。――幹に絡みつく蛇蔓が、まどろみから覚めたように蠢き出す。魔法を食らおうとし、だがまだ魔法になっていない微弱な魔力を捉えることはできずに惑う。

魔力の粒は蛇蔓をすり抜け、《大蜘蛛》の頭部に集まりはじめる。

濡れた皮膚《ひふ》に砂が張り付くように、紫の粒子は魔物の頭部に吸い込まれていく。

ウィステリアの腕に、自分のものではない瘴気の流れ――魔物の中に流れるものの感触が生じて、同調したことを伝えた。とたん、ウィステリアは《天弓》を生成し、幹からはみ出た《大蜘蛛》の体を狙って射た。

黒い渦が生じるのと、矢が接触するのはほとんど同時のように見えた。だが矢は渦を貫いて遠くへ飛び、見えなくなる。

ウィステリアの手首の中に強く震えるような感覚が生じ、それに引きずられるように顔を向けた。

特異な魔物は一瞬前までいた場所とは反対側の、大竜樹から少し離れた北西の地点に現れていた。

――蛇蔓からは十分に離れている。

再び、手首の中で震えが――同調した《大蜘蛛》の《関門》が動く感覚があった。巨大な魔物の背後で、暗い渦模様が浮かび上がる。

ウィステリアは《天弓》を消して全神経を引き絞り、両手を握った。とたん、《大蜘蛛》の頭部に入り込んだ魔力が一斉に活性化する。

《関門》に干渉する。

突如、手首に重い枷《かせ》を嵌められ、体ごと引きずられるような感覚がウィステリアを襲った。

「ぐ、……っ！」

かろうじて《浮遊》だけを維持し、空中で踏み止まる。あまりの重さに、滞空しているだけで精一杯だった。手が、腕が、肩が、引きずられて摩擦を受けているように熱くなる。

《大蜘蛛》の体内で《転移》のために勢いを増した力の流れを乱すことに全神経を注ぐ。入り込んだ異物に反発するように魔物の中の力もまた荒れ狂い、ウィステリアを振り払おうとした。

特異な魔物の背後に現れようとしていた《転移》の渦が、わずかに揺らいで消失する。

――ロイド、とウィステリアが叫ぶ前に、翻る碧の外套と剣のまとった白い焔《ほのお》が目を射た。

魔物の顎下から一閃。瞬間移動を封じられた《大蜘蛛》は今度こそ頭部を貫かれる。巨大な穴を穿たれ、瞬く間に青年の魔力を示す白い焼け跡が生じた。頭部の《関門》が破壊されたのを、ウィステリアは手首の衝撃と共に感じた。

だが《大蜘蛛》は、風を裂くような叫び声をあげて長い上体を振り乱した。

ロイドは回避しながら、横に薙ぎ払った。長い胴に、淡く白い光を帯びた裂傷が生じる。

頭部の《関門》がほとんど破壊されたにもかかわらず、迸る瘴気の流れはすぐには止まらない。堰《せき》を切ったように荒れ狂う。

不安定な黒い渦が《大蜘蛛》の背後に生成される。

見えない手枷に体ごと引きずられるように感じ、ウィステリアは全力で両腕を反対側に引いた。

かろうじて踏み止まり、多くの魔力を使って再び《大蜘蛛》に干渉する。

《転移》を妨げるその一瞬が、何倍にも長い時間のように感じられる。

——早く、と声にならない声で叫んだとき、《大蜘蛛》の頭上に銀の光がのぼった。

そして、白い線が、《大蜘蛛》の上から下へ走った。

暴れていた巨体の動きが鈍くなる。敵の《関門》に干渉していたウィステリアの手からも重みが消えていく。魔物の体に流れる瘴気が、急激に弱くなっていった。

——生命そのものを絶たれ、体内にあった力が外へ流れ出していく感覚だった。

ウィステリアは同調を絶ち、自分の手首の《関門》を閉じた。

縦に一閃された巨体が頭から胴まで裂けて左右に開き、その場に崩れ落ちる。千切れた黒い糸が、動かなくなった体のまわりに散って消えた。

銀の光と碧の外套をなびかせ、ロイドが巨体の前に舞い降りる。剣を持つ腕から刃先にかけてを、《強化》の魔法がまばゆい輝きで包んでいた。

ウィステリアは詰めていた息を吐き出した。激しく燃えていた火が急に消えたように腕全体から熱が引いていき、代わりに疲労の重さがのしかかってくる。

空を蹴ってロイドの元へ行こうとしたとき、突然背が凍った。

——それは魔物と戦い続けた体の、本能の警告とも言うべきものだった。

『地中か⁉』

サルティスが叫ぶ。

空気がかすかに振動し、それ以上に大地が揺れる。

ロイドが《浮遊》で空へ駆け上がった。

その直下——大地が隆起し、爆発した。地が弾け飛んで大量の土砂を噴き上げ、地中にひそんでいた蛇蔓の白い根ごと、《大蜘蛛》の亡骸が舞う。

土砂の幕の向こう、紫の目に《大蜘蛛》よりもずっと巨大な影が映った。

大地から伸び上がる顎——広大な洞のように開いた二重の顎と無数の牙。鱗《うろこ》に包まれた長大な体。

本来三対あるはずの眼球は左右一つずつが潰れ、四眼となった赤い目の《大蛇》。

「ロイド、逃げろ!!」

全身にはしった怖気《おぞけ》と共に、ウィスティリアは叫んだ。ほとんど無意識に《天弓》を構え、撃っていた。

四眼の《大蛇》は開いた口腔に土砂ごと《大蜘蛛》の亡骸を呑み込み、更に空を駆け上る銀影をも追う。

ウィスティリアの放った黒紫の矢が、《大蛇》の巨大な胴に直撃する。だが鈍い光沢を放つ暗緑色の鱗に衝突し、消えた。わずかな傷一つ生じない。

——ロイドがあの《大蛇》に追われている。

その焦燥と戦慄に駆られるまま、ウィスティリアは第二矢を撃った。

『馬鹿者！　あれには効かん!!』

腰元からサルティスが険しい声を発する。その意味を捉える余裕すらなく、更にウィステリアが番えたとき、銀影を追っていた巨大な顎が音を立てて閉じられた。

その巨体が一気に土中へ引き返し、姿を隠す。

空高く駆け上ったロイドが空中に留まり、地上に目を向けた。ウィステリアは速度を上げてロイドに近づいた。無事か、と声をかけようとした矢先、地上を睨んだままロイドが言った。

「――〝ディグラ〟か」

尖り、凍てつくような声に、ウィステリアも地上に目をやった。

眼下の大地に、みみず腫れのような跡が浮かび上がっていた。その痕跡は動き、長く伸び、地中に蠢く巨大な魔物の存在を誇示している。空に逃れた獲物をうかがうように、大きな螺旋を描き始めていた。

ウィステリアはそこから目を逸らし、ロイドに告げた。

「ひとまず、ここから離れ――」

『あの四眼、《大蜘蛛》を食った』

サルティスの厳しい声が、ウィステリアを遮った。

ウィステリアは紫の目を見開いて腰元のサルティスを見下ろし、金色の目もまたサルティスに向く。

『捕食された魔物の有していた能力が、捕食者に発現する可能性がある。万一、《大蜘蛛》の持つ《転移》もしくは《移送》に類似した力をあれに獲得されれば、これまでの比ではない脅威となるぞ』

一切の戯れなく、サルティスは冷厳に告げた。ウィステリアは青ざめながらそれを聞いた。――

もしもディグラが《転移》や《移送》の力を得たら。

そして、これまで目にしたものが急に別の意味を持って立ち現れた。

「……ここより前の大竜樹で、《大蛇》か巨大な捕食者が食い荒らしたような跡――あれも、ディグラだったのか？」

ウィステリアの言葉にサルティスは答えず、意図をもった無言が生じた。代わりにロイドが応じる。

「だとすると、どんな意味を持つ」

「……わからない。ただ、今までのディグラからすると考えられない行動というだけだ。他の《大蛇》とも思えない。ここにこれほど都合よく現れたのは潜んでいたからなのか……」

ウィステリアは考えながら答え、ふいに一つの推測が脳裏によぎり、背が凍りついた。

「……《大蜘蛛》が倒されるのを、待っていたのか……？」

《転移》に似た力を持った《大蜘蛛》は、ディグラであっても狩るのは難しい。ゆえにその《大蜘蛛》の能力が弱まる、あるいは対抗できる一瞬が訪れるまで地中深くで息を潜めていた――。

（《大蜘蛛》を狙っていた……？）

まさか、という言葉が喉の奥で詰まった。

――だがかつてコーラルと自分を追いかけてきたときも、聡いコーラルにすら気配を感じさせない狡猾さがあった。

ディグラは明らかに他の魔物と違い、執拗で狡猾な性質を持っている。

地鳴りのような音をたてながら、四眼の《大蛇》は地中に潜り続けている。――頭上の獲物が落ちてくるのを待つかのように。あるいは獲物をどう落とそうか考えあぐねているかのように。

『あれは獲物を丸呑みした。まだ吸収には至っておらん。討てなくともいい、顎の下を破壊して《大蜘蛛》を排出させろ！』

聖剣の険しい声、そして傍らでロイドの剣が再び輝きを帯びる様が、ウィステリアを現実に引き戻した。

ロイドは横顔を見せたまま言った。

「サルティス、一つ聞く。――ディグラに《移送》の力が身につく可能性はどれくらいだ？」

『……知らん。同じ力がそのまま継承される可能性はそう高くはない。だがもしあれが《転移》系統の力を獲得すれば今後のイレーネにとって極めて脅威となる。そして向こうの世界に渡るほどの力を手に入れれば、必ずお前たちの世界にも甚大な被害が出るぞ』

サルティスが強く戒めるように告げる。突きつけられた言葉の意味に、ウィステリアは息を詰めた。

ロイドは振り向かず、端的に問うた。

「師匠。《大蜘蛛》のときのように干渉することはできるか」

ウィステリアは弾かれたように青年を見る。そして暗澹たる思いで、首を振った。

ディグラは元々、魔法を使わない。《大蛇》という種そのものが高い魔法耐性を持つと同時に、魔法の力を獲得することもない傾向があった。《関門》に干渉しても意味が薄い上、《大蛇》ほどの魔物に干渉するには莫大な魔力が必要になる。

「わかった。なら下がってろ」

ロイドはすぐに理解し、研ぎ澄ました戦意だけを放った。ウィステリアは目を見開いた。

――この青年が剣を手に一人でディグラと戦おうとしていると気づき、激しく動揺した。

「何を言ってる、ディグラは別格だと言っただろう！　まともに戦うのは無理だ！　距離をとればまだなんとかできる。だから私が――」

「魔法は極めて効きにくい。そうなんだろう」

淡白な指摘が、ウィステリアの胸を突く。

ロイドはふいに振り向いた。

「……それに」

黄金の目がわずかに細くなり、師の全身を見る。

「あなたは消耗している」

ロイドの言葉に、ウィステリアは返答に窮した。

――怜悧な観察の目に、ディグラへの恐怖を、まずこの場から離れようと言いかけたことをも見透かされたような気がした。

だがロイドが《関門》を一箇所開いて《強化》の魔法を使ったことを思い出し、ウィステリアは反論した。

「消耗しているというなら、君も――」

「あなたほどじゃない。それに剣が有効であるのはわかってる。魔法より剣が有効なのはむしろ都合がいい」

ロイドの口調は、既に自分の中で決定したことをただ説明しているだけだと示すようだった。

『《大蜘蛛》の亡骸さえ吸収させなければいい。交戦し討伐することまでは考えるな。急げ！』

サルティスの鋭い声が飛ぶ。

ウィステリアはぐっと手を握り、わかった、とだけ答えた。ディグラが《大蜘蛛》を吸収しきる前に吐き出させる――逆に、それだけ達成すればいいと自分に言い聞かせる。

「なら、私が囮になってディグラを引きずり出す。動きを止められなくとも、妨害することくらいはできる。君は、隙をついて喉下を狙ってくれ。……無理はするなよ」

「こちらの台詞だ」

ロイドは軽く肩をすくめた。

ウィステリアは一度だけ呼吸し、全身に警戒をみなぎらせて降下に転じた。

ロイドが少し離れて地上へ降りていくのを視界の端に捉えながら、地上のディグラの跡を追う。《浮遊》を調整しながら、隆起した細長い痕跡めがけて落ちていく。どくどくと耳の奥で鼓動が警鐘のように鳴りはじめる。

――ロイド一人に任せていいのか。

不安がいまだ尾を引いた。ディグラがどれほど強敵かは、身をもって知っている。

（……コーラルの仇なのに）

魔法が効きにくい、だから戦えない――それだけで、交戦を避けることしか考えなかった。臆している自分への言い訳にしていた。ウィステリアは強く歯噛みし、その雑念をいったん払った。

高度には気をつけなければならない。ディグラは信じがたいほど高く巨体を持ち上げることができる。長大な体に支えられた巨大な顎は、飛べずとも想像以上の高度まで追いかけてくる。いつでも《転移》で逃れられるよう、感覚を研ぎ澄ます。

（……来い。私はここだ）

ウィステリアは胸の中でつぶやき、ディグラが届く寸前の高度にまで降りていく。

円を描きながら離れようとしていた掘削痕が止まった。

そうして、地を抉りながら移動していた跡が途切れる。

――ディグラが深く潜行したのだとウィステリアにはわかった。

こちらに動きを悟らせないようにしている。

（来る）

――焦るな、と自分に言い聞かせる。宙を蹴ってその場から逃げたくなる足に力をこめる。

音もなく、両手から地上へ魔力を撒いた。

奇妙な、静寂とさえ言えるほどの時間。

ウィステリアは全身を感覚器官にして敵の動きを待った。

いつもより速い間隔で息を吸い、吐き、また吸って吐く――呼吸に合わせてわずかに体に弛みが出たとき、突然全身が粟立った。

（――！）

ウィステリアの足元で大地が砕けた。残骸が間歇泉《かんけつせん》のように噴き上げ、ウィステリアは一気に上昇へ転じた。

土砂と共に地中から飛び出した巨大な口腔が追ってくる。無数の牙が岩山のごとく並び、その喉奥は底なし沼のように深く暗い。

ウィステリアは巨大な魔物を引きつけながら上昇する。追い上げてくる巨体の動きが一瞬止まり、開いていた顎が、衝突音をたてて閉じる。

とたん、時が巻き戻るようにその巨体が土の中に吸い込まれていく。

ウィステリアは空中で身を翻すと同時、両手を強く握った。

「《閉じろ》!!」

叫んだ声に反応し、《大蛇》の周りの大地が揺れた。穿たれた穴を自ずと塞ごうとし、その動きがディグラの巨体を挟む。四眼の《大蛇》の動きが一時阻害される。だがその巨躯は身震いだけで地を砕き、地中に再び潜ろうとしたとき――まばゆい剣を手にした影が距離を詰めていた。

さらされた巨大な顎下をロイドの剣が薙ぎ払う。

《強化》で輝く刃は確かに鱗を裂き、表皮を斬った。決して浅い一撃ではなかった。しかし体液が滲むだけに留まる。

ウィステリアは目元を歪めた。――《強化》の効果が大幅に削がれている。ディグラ以外の魔物なら、確実に討てた一撃だった。

しかし同時に、剣の一撃だけでディグラに傷を負わせることができたのは、想像以上の効果でもあった。

四つの赤い眼球がふいに動いて銀影を捉える。

――瞬間、ウィステリアの全身に怖気がはしった。

魔物の巨大な上半身が、銀影ごと薙ぎ払おうと地を大きく薙ぐ。

ロイドは空へ逃れ、かと思えば瞬時に反転する。ディグラの頭部を狙って急降下し、暴れる頭部に着地と同時、両手で剣を突き刺した。

「ロイド……!!」

《強化》を帯びた刃は確かに魔物を貫き、ディグラが大きく頭部を振り乱す。貫いた剣を強く握り、ロイドは振り落とされそうになるのを耐えていた。

ウィステリアはロイドのもとへ飛ぼうとする。

『馬鹿者！　早くあの小僧が作った傷を狙え！』

ウィステリアはとっさに反発しかけ、強く唇を閉ざした。戦闘におけるサルティスの警告。体に染みついたそれが意思を凌駕して突き動かす。

両手に《天弓》を作り出し、ロイドを振り落とそうともがくディグラを狙う。暴れる中、わずかに覗く喉下の傷。激しい焦燥が身を焦がす。爆ぜそうなほど鼓動が乱れる。

(早く――早く早く早く！)

ロイドが蹴って剣を引き抜き、ディグラから離れる――喉の傷が視界に映った瞬間、ウィステリアは手を離した。

紫の輝きを帯びた黒い流星が、喉の傷を射る。直撃したとたん、小爆発が起こった。

ディグラは激しく頭を振りながら、耳をつんざくような衝撃音――怒号を放った。その叫びが衝撃波のように大気を伝い、ウィステリアを打つ。

だが、ディグラは再び地中に逃げる。

頭まで土に隠れる一瞬――魔物の赤い眼球がウィステリアを射た。かつてウィステリアが奪い、今は大きな傷でしかない部分さえも、こちらに向いたような気がした。

髪の先まで凍りつくような恐怖がウィステリアを襲った。

潜行の音が急速に小さくなる。ディグラが深く潜り、再び動きが捉えられなくなる。

冷たい汗が、ウィステリアの輪郭を滑り落ちた。

呼吸が浅く速くなる。

通常の魔物なら、これで逃げたものと判断できる。しかし、ディグラは違う。

――また襲ってくる。

ウィステリアは《天弓》を消して高度を上げながら、ロイドに目をやった。離れたところに浮かぶ青年は、剣を手に金の双眸で地上を睥睨している。

その姿を視界に入れながら、ウィステリアは激しく心音を乱す自分に言い聞かせた。

(――落ち着け。冷静に。もう一度、あの傷の部分を狙えばいい)

もう一度、ロイドが攻撃できる状況を作り出せば、ディグラの喉に再び刃を振るい深傷を負わせることができる。あるいはその裂け目に自分が魔法を叩き込むことができれば。

倒す必要はない。《大蜘蛛》の亡骸を吸収できない形にすればいい――それだけだ。

（次で終わる）

長引かせない。目的を達し、すぐに撤退する。それ以外の考えを意識から締め出し、余計な感情が入り込まないようにした。

慎重に、再び高度を落としていく。焦燥と極度の緊張で逸りそうになる自分を抑えた。胸の内側を、嵐のような鼓動が叩いている。

地上に近づく。鋭敏になった全身――その足に、かすかな空気の振動を感じた。

降下を止めた瞬間、大地が再び爆ぜた。ウィステリアは即座に上昇に転じた。巨大な顎が再び追ってくる。長大な体が伸び上がり、喉が、そこにある傷口がさらされた。

振り切りたくなる衝動を堪え、ウィステリアは足元まで迫る巨大な口腔を見る。

自分を執拗に狙う魔物。全身にはしる抗いがたい怖気。それでもウィステリアが自分を制することができたのは、視界の端に碧が翻ったからだった。

ロイドがディグラに迫る。過《あやま》たずに同じ箇所を狙う――ウィステリアはそう予測した。

だが現実にならなかった。

ディグラが突然上体を振り、肉迫していたロイドが巻き込まれかける。銀影は直前で上に逃れる。

突如、ディグラは上体を地に伏せる。

――次の瞬間、ロイドに砕かれた土と砂礫が飛沫のように襲いかかった。

愕然と見開いたウィスステリアの目に、地上に飛び出した長い尾の先端が見えた。敵は尾の部分で地を抉ったのだと悟る。

——抉った土を礫《つぶて》のように投擲《とうてき》するためにそうしたのだと、一瞬遅れて察する。

空中のロイドは体勢を崩す。

青年がいた場所を、《大蛇》の顎が通り過ぎた。

ウィステリアの時が止まる。——視界に捉えられたのは碧の残像。何が起こったのかわからなかった。

しかしディグラが再び激しく頭を振り乱し、ウィステリアの意識は引き戻された。

ディグラの上顎に、ロイドが片膝をついて剣を突き刺していた。

振り落とそうともがく魔物に食らいつく。その両腕が白く光り、突き刺した剣は輝きを強くして魔物の上顎に風穴を開けようとする。

イレーネ、と聖剣に叱咤されるよりわずかに早く、ウィステリアの体は動いた。《天弓》を生成し、喉の傷を狙う。

——抵抗が激しく、慎重に狙う余裕はない。

かろうじて一瞬を捉え、撃った。ディグラが激しく動き、矢はわずかに傷口を逸れる。

風を裂くような《大蛇》の咆吼《ほうこう》が空を震わせ、鼓膜を破らんばかりに響き渡った。

顔を歪めたウィステリアの視界に、白銀色の魔力の輝きが強くなる。

上顎に張り付いたロイドがディグラの顎を貫く——瞬間、巨大な顎が音を立てて閉じられた。

金属の砕け散る音を、ウィステリアは聞いた。

ロイドの黄金の瞳が見開かれる。

ディグラは再び顎を開き、頭部を振り乱す。とたん、噴き出した魔物の血に交じり、鈍く光る破片が散って地に落ちた。

粘ついた体液にまみれたそれは、鋼の光沢を持つ細長い欠片——剣だったものの残骸だった。

支えるものを失ったロイドの身が宙を舞った。手に握られた柄に、剣身はほとんど残っていなかった。

《大蛇》の巨大な口腔が追う。

言葉にならない叫びをあげ、ウィステリアは矢を放った。

青年の体はしなやかなばねのように空中で姿勢を起こし、迫り来る魔物の口腔に対峙する。

その手が握る柄に、目を灼《や》くような光が伸びる。眩しいほどの白い輝き——失った剣身の代わりに魔力の刃が伸びる。白銀の魔力で紡がれた槍とも剣ともとれるもの。

ディグラが迫る。ロイドが魔力の刃で一閃する。

だが、四眼の魔物はわずかたりとも怯まず、傷を負わない。

ディグラは止まらなかった。

「——ロイド!!」

ウィステリアは叫び、手を伸ばして空を駆けた。

碧の外套が暗い空に舞った。繋ぎ止めるものをなくし、嵐に呑まれる葉のように翻弄され落ちていく。

紫の両眼の中で、銀影は巨大な魔物の顎に呑み込まれた。

閉じられた顎の内から淡い光が一瞬漏れた。魔法の発動を示す光。

ウィステリアは矢を放った。次も、その次も放った。狙いなどつけずに放たれた矢は太く青黒い胴体に衝突し、消える。

——そして魔物の赤い眼球が、ウィステリアを捉えた。

眼球の埋め込まれた皮膚の、下の縁がわずかに盛り上がるのをウィステリアは見た。

それは記憶の中とまったく変わらぬ仕草。かつてコーラルを奪ったときと同じ表情だった。

地を砕き、ディグラが再び潜る。

ウィステリアはそれを追おうと空を蹴った。——ディグラを追う。ロイドがそこにいる。あの巨体の中に。穿たれたあの巨大な穴の中に。

『やめろ、馬鹿者!!』

かつてない聖剣の荒い声が、ウィステリアの頭蓋を貫いた。力を持った叫びに打たれ、体が一瞬止まる。

『飛べ!!』

短い叫びと、全身に殺気を感じたのは同時だった。ウィステリアの体は反射的に《浮遊》で加速し、空へ逃れる。

四眼の大蛇は再び足元から突き上げ、一瞬前までウィステリアがいた場所にその牙を届かせていた。伸び上がった体が止まり、轟音をたてて地に落ちる。今度は地中に潜らなかった。その長大な胴をうねらせながら地上へ這い出てくる。

ウィステリアは敵に向かおうとして、サルティスの鋭い声に再び止められた。この異界で生き延びるために聖剣の警告には即座に従う――体に染みついたそれが、ウィステリアを呪縛する。

『――お前の魔法が効かないことを知って挑発しているのだ』

サルティスの言葉はどこか遠くに聞こえ、ウィステリアは震える呼吸を繰り返した。指が冷たい。体が震え出す。うまく息ができない。

「ロイドが……ロイドが、」

凍てついた頭で、それだけを繰り返す。

――喰われた。違う。

「生きてる。すぐには、消化されない。そうだろ。ロイドがこんな、簡単に」

動けなくなりそうな自分に、同じ言葉を繰り返す。声がかすれてひきつれ、ざらつく。

かちかちと鳴る小刻みな不快音。かつて死を覚悟して暗い道を通ったときに聞いた、歯の鳴る音。

――瘴気にも耐えたロイドが死ぬはずがない。まだ消化されてない。だから。

ウィステリアは震える両手を持ち上げ、そこに魔法を編もうとする。

「サルト、言ってくれ、私が……私は、強いと。戦える。だから、」

目の裏に千切れた碧の外套が何度も浮かび、呑み込まれた銀影がよぎる。剣が砕かれた音が耳に反響する。震えた手に、魔力が形をなそうとしては消え、か細く点滅する。

――こんな恐怖は知らない。ただ叫び喚いてうずくまりたかった。考える力が今にも砕け散ってしまいそうになる。

『……退却しろ』

乾いた声が響き、ウィステリアは息を止めた。

自分の耳を疑い、紫の目を見開いたまま、腰に差した剣を見る。

『お前の魔法だけでは、あれを討つことはできん。喉を破るだけでも難しい。――確かにお前は強くなった。だが本来なら魔物を一撃で敵を屠《ほふ》る《天弓》を何度当てた。そしてあれにどれほどの傷を負わせられた』

凍りついたウィステリアを、冷酷なまでの言葉が打ち砕いた。

――いつかの夜に投げかけた問い。あの時、サルティスは明確な答えを避けた。

放った矢は、ディグラに傷すらつけられずに消えた。

だが、それなら。

「ロイド……ロイドは？　置いていけない」

退却という言葉の意味を、ウィステリアの頭は拒絶する。この状況にあってはならない、意味のわからない言葉だった。――ロイドはまだ生きている。ディグラの中にいる。なのに。

足元で、大きな螺旋が浮かび上がる。四眼の《大蛇》が執る地の傷痕。衝撃音。

かつて英雄と共に数多の魔物を屠り、長い時を生きた剣は、峻厳《しゅんげん》に告げた。

『諦めろ。ここは常に死と隣り合わせの世界だ。こうなるかもしれないことは、あの小僧にもわかっていたはずであろう。――お前自身にも』

ひゅっとウィステリアの喉が締まった。頭を殴られるような衝撃。視界が歪み、足元が揺れる。

――死と隣り合わせの世界。

その危険性を、可能性を、頭ではわかっていた。そのはずだった。だから突き放した。もう二度と失わないために。

〝あなたの望みは、私があなたの前から消えること――それだけだったな〟

失うくらいなら、遠ざけたほうが遥かにましだった。二度と会えなくても、生きていてくれるなら。

――諦めろ。

かつて聞いた言葉が、全身が総毛立つほどの鮮烈さをもって蘇る。

泣きながら拾い集めたコーラルの欠片。嗤っていた赤い眼。――自分のせいで。

わななく唇で、ウィステリアは震える息を吸った。

〝あなたはもう十分すぎるほど背負ってる。――これ以上、何も負うな〟

薄闇の中、胸をそっと押すような声を聞いた。

月も太陽もないこの世界で、満月を思わせる目がこちらを見ていた。

――いやだ、と胸の中で声がした。

〝あなたを見ていてわかった。――あなたが大竜樹を守り、向こうに転移する魔物を抑制していたんだ〟

この異界での日々に、意味があったと教えてくれる存在だった。

息があがる。指先が痺れる。体を凍てつかせ、霜のように苛む恐怖の奥で、何かが激しく揺れている。

〝いい師がいるからな〟

滲みかけた視界に、赤い眼の《大蛇》が地を這っているのが映る。逃げようともせず、嘲笑うように眼下で螺旋を描いて回っている。

かつてコーラルを奪った魔物――今はその体に、あの黄金の目をした青年を呑み込んだまま。

その瞬間、ウィステリアの中で激しいものが爆ぜた。

「――いやだ!!」

頭に火のような熱が灯ったとたん、体中の血が沸いた。恐怖を焼き、震えを退け、呪縛されていた体に自由が戻る。

腰に差していた剣を引き抜いた。サルティスが切迫した声をあげる。

『退《ひ》け、イレーネ！　あの小僧は、かつての《緋色狼》とは違う！　お前にとって一時的なものでしかない！　ここで共倒れになるようなことだけは――』

「ロイドは私の――私の、弟子だ!!」

『この、大馬鹿者め……!!』

叫び、サルティスの声をかき消す。

聖剣はうめき、それでもウィステリアは顔を向けなかった。鞘を握る白い手に力がこもったとき、低く、刺すような警告が響いた。

『いいか、何があっても我の元へ落ちてくるまでは意識を保て。《浮遊》を使えるだけの力は残せ。――そうでなければ我であっても助けられん』

サルティスのその言葉は、ウィステリアの意図を正確に理解したがゆえのものだった。

――脳裏にかつてのディグラとの戦いが蘇る。

だがウィステリアはためらわなかった。

「わかった。頼む」

短く告げ、サルティスを握っていた腕を伸ばし、手を離した。

黄金の柄に漆黒の鞘を持った剣は自ら淡い魔法を放ち、水中を漂う小さな光のようにゆっくりと落ちていく。ディグラはそれにはまったく興味を示さない。

ウィステリアは襟に手をかけ、留め具を引きちぎるようにしてこじあけた。瘴気を孕《はら》んだ冷たい空気が首に触れ、つかえていたものが解けたような気がした。呼吸がしやすくなる。

息を吸い、吐く。頭の芯まで激しい熱に侵されているかのようだった。

束ねた黒髪がなびく。身に纏った水色の衣の裾が、透ける袖が、風を受けたようにはためく。

意識を向け、《関門》を開く。右手。左手。体の内側で魔力の流れが桁違いに勢いを増し、濁流に呑み込まれたように制御が難しくなる。

意識を強く保ち、はじまりの言葉を口にする。

「――《解放》」

そうして、三箇所目の右足の《関門》を開いた。

とたん、体の中の魔力の流れが更に変わり、激しい奔流となって荒れ狂う。わずかでも気を抜けば意識ごと押し流されそうになり、体勢を崩しかける。

それを堪え、強く唇を引き結んだ。

開かれた紫の瞳が、魔力の急激な高まりを受けて暗い空の中で一際輝く。

その両眼に重く瘴気に満ちた空が映る。魔力素の源。魔法の根源。

――力になりうる、膨大な資源。

両手と右足が一際強い魔力の輝きを発し、全身に淡い紫の光が広がる。その下で、激しい力の流れがかろうじて制御され、体内に循環しはじめた。

「《吸引》」

ウィステリアがその言葉を口にしたとたん、足元の大地に亀裂が入り、蜘蛛の巣のように広がる。裂けた欠片が垂直に浮かび上がっていくと、黒い蒸気に似た瘴気が立ち上り、上空にある人影に吸い上げられていく。

地上だけではなかった。暗い空の中から幾条もの黒煙が現れ、滞空する人影のもとに吸い寄せられていく。

やがて紫の瞳が輝く頭上に、集められた瘴気が渦を巻いて黒雲を形成しはじめた。

かつてない重さに体が押し潰されかけ、一瞬の集中の欠如が崩壊を招く感覚の中、ウィステリアは全神経を研ぎ澄まして自分を繋ぎ止めた。かつて味わった感覚。これに耐えられることは知っている。

自分が崩壊する直前まで瘴気を集め、魔力の制限を解いて放出の時を待つ。

かつてディグラを追い詰め、止めを刺す寸前にまで至った力を顕現《けんげん》させるために。

――《黒雷》の感覚が、再びウィステリアの体に満ちていった。

三章◆ただ一つの答え

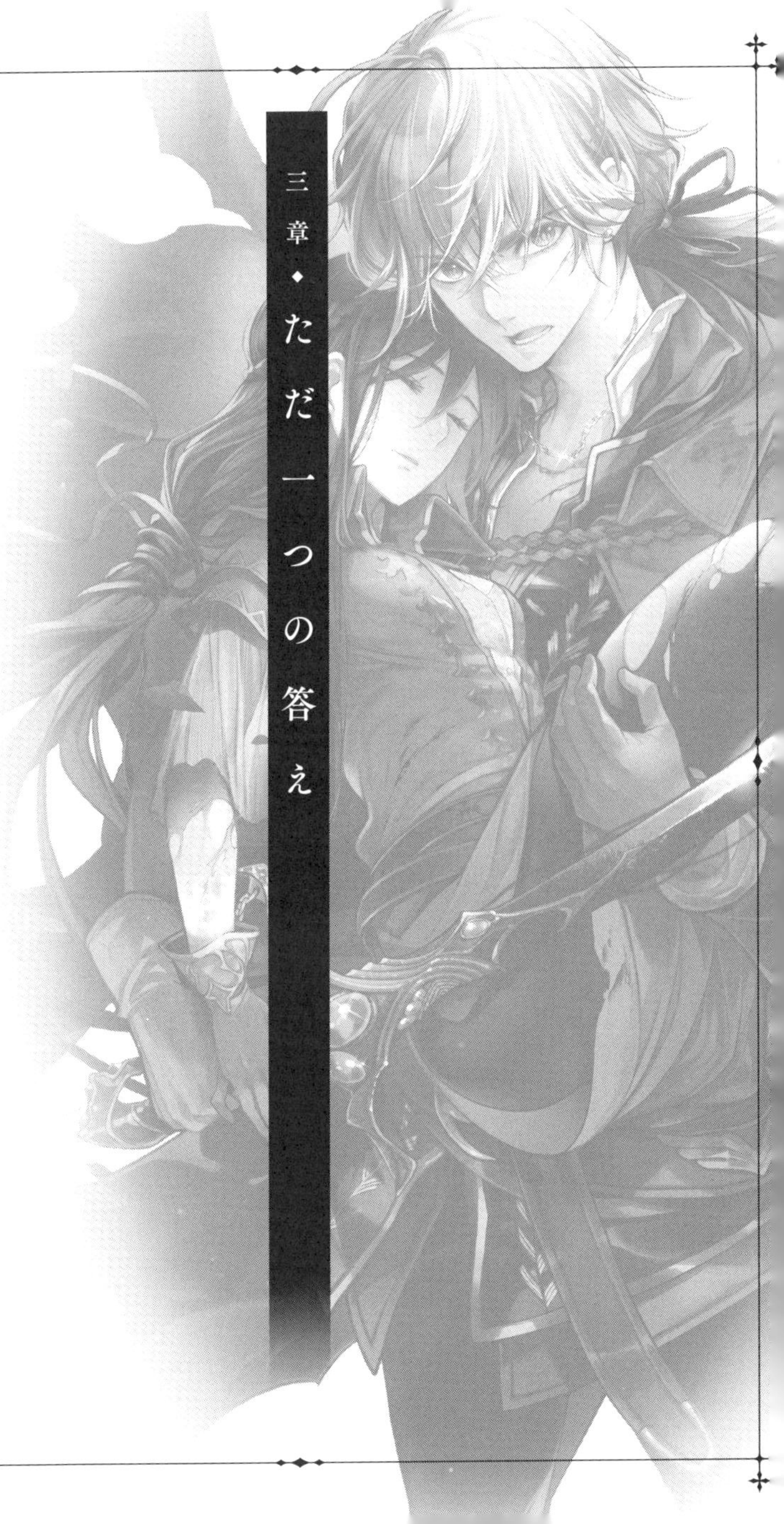

記憶に刻め

異常な臭気と湿度、そして間断なく蠢く肉の壁が、呑み込まれた異物である銀の光を押し潰そうとしていた。

《大盾》で体を包むように壁を作ることで、ロイドは魔物の体内にあってかろうじて身を護っていた。呑み込まれる寸前、《大盾》を発動したことで即死は免れた。だが巨大な魔物に嚥下《えんか》され、その長大な体の中を落ちて、肉の壁に左右から強い圧力を受けていた。魔物の肉が蠕動《ぜんどう》するたび、強く押し潰そうと圧してくる。

ロイドは肉壁に背をつけ、反対側を蹴って押し返したが、挟まれたその状態で膠着状態に陥っていた。肉壁は常に一定の間隔で蠢きながら、血流ともそうでないものともわからぬ耳障りな音をたてている。

——息があがっている。体から少しずつ熱が奪われていくのをロイドは自覚した。

呑み込まれたとき、顎の中に無数に並んだ牙にわずかに擦っただけで、肩や足に裂傷を負った。致命傷は避けたが、傷と魔法の行使は刻一刻と体力を削っていく。

(……クソ)

師から学んだいくつもの攻撃魔法を放ってみても、この肉の壁をまともに傷つけることすらできなかった。脆いはずの体内ですら、これほどまでに魔法に対して耐性がある。

挟まれたまま上下左右に揺さぶられ、ロイドは四眼の《大蛇》が動いていることを察した。

外では何が起こっているのか。——師に関わりがあることなのか。

この魔物の体内には外よりも濃い瘴気が満ちている。《反射》を常よりずっと厚く張っていなければ、消化されるよりも先に瘴気に侵される。

——《大盾》との併用で余計に消耗が早くなり、ともすれば意識を奪っていこうとする。

脱出の方法を目まぐるしく考える中、突然、ロイドは脈動の音に何か別のものがまじっていることに気づいた。もっと小さく、弱い音だ。

(なんだ、あれは)

呑み込まれた《大蜘蛛》に関するものか。

あるいはこの魔物の器官の一つか。落ちていけばそれにぶつかる。そんな予感がした。

——しかしそれは極めて危険だと、いくつもの戦場を生き長らえさせた直感が訴えていた。

とにかく落下を避け、直ちに外へ脱出しなければならない。

無意識に手が剣を求め、だがそれは叶わないと遅れて気づく。舌打ちする。

——アイリーンから贈られた、勝利の祈りがこめられた剣は折れ、砕けた。

あのとき体を貫いた衝撃は、かつて感じたことのないものだった。だがロイドは他の騎士や剣士ほど自失することはなかった。強敵を眼前にしていたからというだけではない。

(……体さえ動けばいい)

剣を握れる手があれば、踏みしめる足さえあれば、刃は振るえる。剣それ自体をなくしても、己の身が無事ならまた握り、戦うことができる。それこそが剣士であり、騎士だと剣の師は言った。

一振りの剣を自分の半身にも等しいものとする騎士からすれば邪道な考えだったが、ロイドの性には合うものだった。

本質は剣ではなく、剣を握る己の身にある。

（体はまだ動く。腕も足も。目も耳も聞こえる）

——この手に剣さえあれば。

ふいに視界が歪んでかすみ、ロイドは再び悪態をついた。呼吸をなんとか落ち着けようとする。このまま時間が過ぎてただ消耗すれば、いずれ《大盾》も《反射》も維持できなくなる。剣は砕け、代用品はなく、魔法は効かない。外からの助けなども望めない。

（どうする）

何か、と思考を巡らせたとき、今の師の声が脳裏をよぎった。

——ロイドと呼ぶあの声は、まるで悲鳴のようだった。

（……この態《ざま》だ）

自嘲が唇に浮かんだ。師の言った通りの状況に陥っている自分が無様だった。

——ここは君がいるべき場所じゃない。来るべきではなかったし、ましてやここに留まるべきではなかった。

頭の中に蘇る声に、腹を焼くような悔しさと屈辱が広がった。今この危機は、自分の弱さが招いた事態だった。

（……〝傲慢〟か）

その言葉まで的を射るようで、また自嘲する。

――私一人なら、どうにでもできる。

静かな怒りに燃えていた紫の瞳が瞼の裏に浮かぶ。

ディグラは別格だと、師は誰よりも知っていた。かつて一度戦い、追い込んだがゆえに、以後交戦を避けるという判断に至った。生き延びるために必要なものだったのだ。

――だから今頃は、退却しているはずだ。

そうであるべきだ、とロイドは思った。そうでなければならない。一人なら自由に動けるはずの師に、足枷となることなどしたくなかった。勇敢と無謀は異なり、不要な危険を冒すべきではない。

――師は誰よりもそれを理解している。

ディグラに魔法が効かないとわかっているなら、無駄に挑んだりその場に立ち尽くしたりするような無謀は冒さないだろう。サルティスもそれを許さないはずだ。

再び眩暈を覚え、ロイドは顔を歪めた。背にある生暖かい肉の壁に頭をぶつけ、意識して呼吸する。体から熱が引き、徐々に力が奪われてゆくようだった。澱んだ空気のせいか、呼吸も浅くなっていく。

思考し続けなければ、そのまま朦朧《もうろう》とした感覚に呑まれて意識が落ちそうになる。ここで落ちれば、二度と目を覚ますことはない。

（こんなところで終われるか）

ロイドは強く奥歯を噛み、体にくすぶる怒りに火を付ける。

自分を保つために、この先のことを考える。この魔物を討ち破る。そして。

（彼女が——本当に、望まないなら）

自分が一刻も早く帰還することが、師の唯一の望みだというのなら。

アイリーンが待っているという言葉も事実で、考えるまでもない。師は、間違ったことは言っていない。

ロイドは相手に無理を強いたことや、不当なものを除いて相手の拒否で引き下がらなかったことは一度もなかった。相手に報いてほしいなどと思ったこともなく、相手が自分を拒むならその通りにするだけで、そこに何も感じたことはなかった。

——そのはずだった。

突然、強い苛立ちと不快感がこみあげ、ロイドを突き動かした。

無駄な消耗になると理性がささやく一方、手に魔力を凝縮させていた。

（こんなところで）

何もなしえず、何も得られぬまま終わるなどありえなかった。

極限まで魔法を凝縮し、一点集中で肉の壁に叩き込めば、あるいは。

否。そうしなければ、この感情の行き場もない。

手の平に限界まで魔力をこめ——

『……僧、……』

遠くかすかに響いたその声に、ロイドは目を見開いた。手に集めた魔力が弾けて消える。

『生きているか、小僧』

「――サルティス？」

『……ふん、生きていたか。つくづくしぶとい餓鬼だ』

魔物の体内にあっても聖剣の声は頭の中に聞こえた。こちらからの声もサルティスには聞こえているようだった。

『いいか。機は一度だけだ。イレーネが《黒雷》を撃ってその四眼を沈黙させる。うまく行けば赤子のように悠々とお前を取り上げてやれるだろうが、そうできない場合はお前が自力でなんとかしろ。できなければそこで生を終えることになる』

ロイドは束の間、声を失った。――《黒雷》。かつてディグラを追い込んだという技。そしてサルティスの掲げた条件。

知りたい、それを目にしたいという強い欲求が反射的にわきあがる。だがかつて聞いた言葉が脳裏をよぎった。

〝一時的に、自分という器に過剰な魔力を集めるんだ。自分の中の魔力を使うだけでなく、周囲の魔力素――ここでは瘴気だが、それを集めて、束ねて、ぶつける〟

なぜ、という凍てつくような思いが好奇心を塗り潰す。

ディグラに魔法は効かない。師は誰よりもそのことを知っているはずだった。自分のもっとも頼りとする武器を封じられたにも等しく、紫の瞳に恐れさえよぎったのをロイドは見ていた。

〝過剰に集めた力は非常に不安定で脆い。わずかでも量を見誤ると、魔法を使った本人を巻き込んで崩壊する――〟

――ここに至るまでの戦いで、少なからず消耗している体。

師は逃げるはずだ。そうでなければならなかった。――それが、自分の願望でしかなかったのだと思い知る。

激しい熱とも凍てつく冷気ともつかぬものが全身を襲い、ロイドの目をくらませた。

「なぜ逃げない!!」

叫んだ声に、サルティスの怒りに満ちた唸り声が答えた。

『せいぜい祈れ。巻き込まれてくたばるなどという醜態だけはさらすなよ』

「ふざけるな！　助けなど要らない！　彼女を撤退させろ！」

魔物の血肉、その向こうにいるはずのものを睨み、ロイドは吼《ほ》えた。四眼の《大蛇》が脈動する音さえ貫き、ロイドの体の中で鼓動が速くなる。

『イレーネは聞かなかった。――それに、もう遅い』

冷えた声に、もはや憤りも皮肉さえも聞こえなかった。

ロイドは息の詰まるような激情に駆られた。――全身が総毛立ち、この状況すべてに一瞬たりとも耐えられなくなる。

激しい感情のまま、目の前にある魔物の体を蹴りつけた。硬い弾力と湿った感触だけが返る。

――遠く、雷鳴に似た音が聞こえた。

ロイドは撃たれたように顔を跳ね上げる。音源に目を向けようとしても、魔物の体は檻となって視界を妨げる。

外で何が起こっているのか。ウィステリア・イレーネに、何が起こっているのか。

魔物の肉体がたてる音、遠くかすかな雷鳴にまじり、聖剣の声がロイドの脳裏に谺《こだま》する。

『見えずとも音を拾い、振動を捉え、魔力の流れを視るがいい。その器官全てで拾い、記憶に刻め。あの哀れな女が己のすべてをもって到達した、一つの終着点を』

胸を撃つように、ロイドの心臓は大きく音をたてた。

この世界で唯一の月

――自分が、何か別のものになってしまったかのようだった。

ウィステリアという器を定め、支えていた魔力の流れが一変していた。迸るものが今にも溢れて溺れそうになる。ウィステリアは胸の前で両腕を交差させ、強く自分をかき抱いて崩れそうになるのを抑えた。

内から溢れ出す魔力と、外からかき集め続けた瘴気がまざりあう中で、水中に沈められていくような息苦しさがウィステリアを襲った。力が満ちて広がっていく――体の周りに過剰なほどに集まっている感覚だった。

過剰な力は黒い茨《いばら》に似て全身にまとわりつく。火花を思わせる音をたて、時折紫の光を帯びる様は雷光の閃きを思わせた。

限界まで集めた瘴気は、体の周りだけでなく、ウィステリアの頭上に黒い雷雲のような渦を作っている。凝縮された瘴気が無数に小さな反応を起こして爆発音を立てる中、稲妻めいた紫の光が幾度となく明滅した。

自分の器を楔《くさび》として膨大な力を留めながら、ウィステリアは地上を見た。

特異な《大蛇》は巨躯を地上にさらし続け、大きく円を描いて這っている。そこから外へは行こうとしない。

頭上にいる獲物が落ちてくるのを待っている。――獲物が逃げることはないと確信しているかのようだった。

左右非対称の四個の赤い眼が、こちらを見ている。

火花に似た音があらゆる方向から押し寄せ、ウィステリアは強く唇を引き結んだ。瘴気は冷たく感じるはずであるのに、いま全身は、火に包まれたように熱い。頭の芯まで燃えているようで、荒れ狂う力が捌け口を求めている。

眼下にあるのは、かつてコーラルを惨たらしい形で奪った敵。

そして今もなお、ロイドを奪おうとする忌まわしい魔物だった。

（もう失わない）

胸に、煌々と炎が燃えている。

細かい狙いをつける余裕はもはやない。全ての力を敵のもっとも重要な器官にぶつけ、討つ。

――そして必ず取り返す。

長い黒髪が揺らめき、鮮やかな紫の瞳が遠い星のように輝いた。

「私の弟子に手を出した罪は重いぞ――ディグラ!!」

押さえつけるように体を抱いていた両手を解き、黒い茨に包まれた右腕を突き上げる。遥か頭上に渦巻くものを、すべて受け止めて己の武器とするために。

「穿て、《黒雷》!!」

全身で叫び、体ごと腕を振り下ろした。集められた膨大な力のすべてがウィステリアの体を伝い、飛び出した。

――それは、一筋の巨大な黒い流星だった。無数の色濃い稲妻をまとった力そのものだった。

歪《いびつ》な四の赤い目がそれを見上げる。

迸った《黒雷》は、巨大な頭部に堕ちた。《大蛇》の耐性がわずかにそれを阻む。だが膨大な力の集積がそれを押し潰し、貫いた。流星の先が《大蛇》の頭を突き抜ける。そして巨大な爆発が起こった。

魔物の肉が弾け、血が夥しく噴き出すと同時に、空を引き裂く断末魔が轟く。特異な《大蛇》は上体を振り乱し、傷口から体液を撒き散らしながらその巨体でのたうつ。

《天弓》を何度受けてもかすり傷一つ負わなかった魔物は、頭部に巨大な穴をあけられ、頭から胴までを黒ずんだ火傷痕に侵蝕されて変貌していた。二対の眼球のうち、一つが黒い火傷痕に閉ざされている。

血にまみれた残りの眼球が、頭上の人間に向く。大穴を穿たれ、眼球を一つ失ってなお、無数の牙を剥いて咆哮した。

その咆哮が力を持って殴りかかってきたかのようにウィステリアは空中で姿勢を崩し、寸前で留まった。自分の速く浅い呼吸を聞きながら、ディグラを視界に捉え続ける。

世界が揺れていた。焼き尽くすような体中の熱が一瞬で消失していた。黒い雷を放った両腕は袖が裂け、その下の肌をのぞかせている。白い腕には、稲妻にも似た黒い脈が浮かび上がっている。

過剰に集めた瘴気が、高い耐性すら無視して体を侵している証拠だった。

ウィステリアの手足は冷たくなり、石のようになっていくのを感じていた。

三眼となった《大蛇》は深傷を負った。

だが動いている。こちらに憎悪をぶつけて牙を剥き出しにし、まだ自力で動くだけの力がある。

——足りない。あと一撃が。

かつて戦ったときと同じように。あるいはあのときよりもまだ、ディグラは余力を残している。

『イレーネ退け！　これ以上は無意味だ！』

サルティスの声が響き、体が砕けるような感覚にウィステリアは唇を引き結ぼうとした。しかし震えるばかりで、息が揺れる。手を握る。力が入らない。体中に穴があいて、力が流れ出していっているようだった。

——もうまともに《天弓》を撃つ力も残っていない。《浮遊》を維持するための最低限の力しか。

こぼれていった力の代わりに、暗く冷たいものが入り込んでくる。残った力すら奪おうとするそれが、絶望と名のついたものだと悟ったとき。

「——まだだ!!」

ウィステリアは、声に出してそれを払った。自分を押し潰そうとする闇を、ディグラを睥睨する。自分の力を奪い、動けなくしようとするものを激しく憎み、退《しりぞ》けた。

まだロイドを取り返していない。

サルティスが何かを叫んでいる。遠く、よく聞こえない。

「まだ——《浮遊》を、使ってる」

それだけの力が残っている。そして、あともう一つが。

ディグラが苦痛に暴れ回ることを止めた。半壊した頭から再び地中に潜る。深傷を負った魔物は逃れようとしていた。——かつてと同じように。

紫の目が燃えるような輝きを宿した。

ウィステリアは残した最後の一つ、左足首の《関門》に意識を向けた。

『やめろイレーネ! それ以上開けるな!!』

魔法を教えた師でもある剣の悲鳴じみた叫びが響く。

ウィステリアは左足の踵を、強く蹴った。

〝すべて開けたら、どうなる?〟

いつかの青年の問いが、脳裏をよぎった。

あの時、自分はどう答えたのか――。

重く錆びた扉をこじあけるように、残る一つの《関門》を力ずくで開いた。とたん、ウィステリアは奔流に呑まれた。激しい眩暈に体がぐらつく。どこにもすがるところがないまま嵐の海に放り出され、同時に髪の先まで燃えるかのような感覚に、思考が焼き切れそうになる。

《浮遊》で姿勢を制御できなくなり、不安定に揺らぐ。

紫の炎を宿した目が、地中に潜っていく《大蛇》を捉えた。魔力の光と瘴気に包まれた手を地上に向ける。

白い手の先で大地は次々と砕けて破片が弾け飛んだ。

地中深くに逃れかけていた《大蛇》の体が露わになり、見えない巨人の手で引きずり出されるように浮き上がる。

地上に向けられていた白い手が、弧を描いて振り上げられた。

瞬間、地中から引きずり出された魔物の巨体が空高く打ち上げられる。黒と緑と青が層をなす暗い空の中、青黒い《大蛇》の体がのたうった。

ウィステリアは宙を蹴った。赤い目の《大蛇》に、ディグラと呼んだ巨大な魔物に近づいていく。

紫の目に捉えたのは、大穴を穿たれた頭部から喉だった。

空中に放られたディグラは落ちることもかなわず身をよじる。地上ほどには自由がきかないようだった。

近づきながら、ウィステリアは《黒雷》の名残――瘴気と自分の魔力を腕に宿して溶けあわせる。

宙に拘束した《大蛇》に迫る。何度も悪夢に見た、鮮血の眼球と一瞬合った。

――かつてコーラルの亡骸を咥えて嗤っていた目。そしてロイドを呑み込み、嗤った目。

黒ずんで裂傷を負った《大蛇》の顎下にウィステリアは回り込む。そうして、燃えるような紫の両眼で魔物の喉元を捉え、腕を突き出した。

「――返せ!!」

叫びが、手が触れるほどの距離で魔法を引き起こした。《黒雷》に類似した黒く細い槍が、喉から頭蓋を貫く。威力の低下は接近によって補われ、深い傷を致死の一撃にするには十分だった。

半壊していた二重の顎に並ぶ無数の牙、残っていた目が爆ぜ、今度こそ《大蛇》の頭は原形を失った。そのまま首までが左右に裂け、血肉が散る。

白い頬に、血の飛沫がかかる。

――ロイド。

ウィステリアの呼び声は、声にならなかった。ディグラの骸を調べようとするのに、背から傾いてゆっくりと離れていく。《浮遊》がうまく保てない。

ディグラだったものの亡骸も落ちていく。ウィステリアは、その骸を減速させる力だけは振り絞った。骸を地上に墜落させれば、中にいるはずのロイドも無事ではいられない。

白い手を伸ばす。体を起こしていられず、頭から倒れていく。火花のような音が聞こえ、自分の体から小さな黒い雷が発生していることに気づく。体内の魔力の流れが荒れ狂い、瘴気とまざって無作為に反応しているらしかった。

ディグラの亡骸が上へずれ、遠くなっていく。風の音が耳を聾《ろう》する。

――ディグラより、自分のほうがもっと速く落ちているせいだった。

（《浮遊》……制御、しないと……）

視界がかすむ。あれだけ熱かった体は、今はもう火が消えたように冷たかった。《関門》の状態もわからない。そこは暗く大きな虚《うろ》となり、体を巡っていたものを流出させていくばかりで、それさえ枯れようとしているかのようだった。

それでも、紫の目を開いてディグラの骸を見ていた。

声が出ないまま、ロイド、と名を呼んだ。――こんなところで死ぬはずがない。こんなところで終わるはずがない。

離れてもいい。二度と会えなくても構わない。

ただ死なせないために、すべては、彼を生きて帰すために――。

ぼやけていく世界の中、ウィステリアが祈るようにその名をまた呼んだとき、刃のような銀光が瞬いた。

魔物の破れた喉から飛び出し、異界の暗い空に星のごとく昇るまばゆい光。

（ああ――）

安堵が温水のように溢れて体中に広がる。凍るような恐怖と絶望が解けていく。

飛び出した光は急降下する。

落ちていく紫の瞳の中で銀の光は急激に大きくなり、その形を結んでいく。

一対の黄金。この世界で唯一の月。

濃灰の袖に包まれた腕が、伸ばされる。

「手を伸ばせイレーネ!!」

風の悲鳴を、その呼び声が貫いた。

青年の声に力を与えられたように、ウィステリアは鈍く手を伸ばす。姿勢をうまく制御できない。背中から、頭が下に傾いて落ちていくのを止められない。

伸ばされた大きな手が近づく。自分のために伸ばされた手を、ウィステリアはかすむ視界で見ていた。重い腕を伸ばし、鈍い肩を動かし、ロイドの手をつかもうとする。

白い指先が、伸ばされた手に触れる瞬間。

――小さく爆ぜるような音をたて、黒くかすかな雷が伸びてくる手を弾いた。

金の目が見開かれる。

ウィステリアもまた凍りつき、ロイドの手が傷を負ったのを見た。まるでその力が最後の火であったかのように、体が一気に重くなる。ぐん、と何かに押さえつけられるように落下が加速する。

ディグラの亡骸が地に叩きつけられる衝撃音が、どこか遠くに聞こえた。

ロイドが遠ざかっていく。大地が急速に迫る。――意識を保てと、サルティスの叫びが聞こえた気がした。《浮遊》を使えと言われていた。しかしもう叶わない。

「イレーネ!!」

叫び、ロイドが宙を蹴った。《浮遊》で一気に加速する。

金の瞳が、銀の光が、自分に向かって落ちてくるのを紫の目は見る。

――馬鹿、とウィステリアは顔を歪め、声なき声でつぶやいた。もう手は伸ばせない。ロイドまで墜落してしまう。

だがロイドは加速するまま再び手を伸ばした。

その手がウィステリアの腕をつかみ、強く引き寄せる。

やめろと言う声は風に消された。大きな体に覆われ、ウィステリアは熱に包まれる。重なる体が《浮遊》を制御し、ウィステリアを抱えながら減速した。

地上はすぐそこだった。

ロイドに覆い被さられたまま、ウィステリアは一瞬上下にがくんと揺れ、ゆっくりと大地に背をつけた。大きな手に頭を抱かれ、黒髪ごと背をもう一方の腕に抱かれて、衝撃は驚くほど少なかった。

視界の端に、漆黒の鞘を地に刺して立つ黄金の剣が映った。

ロイドはすぐに体を起こして片膝をつき、ウィステリアの上体を抱き起こした。

「イレーネ――師匠!」

よく通る声が確かに現実のものとして聞こえ、ウィステリアの意識を引き戻した。こちらを見る目は煌々と輝く月のようで、少し乱れた銀色の髪の一房が、広い肩からこぼれ落ちている。

黒い上衣や脚衣の至る所が破れ、腕や足に傷を負っているのが見える。

「怪我、は……」

「――この程度の傷どうでもいい！　私のことより自分の身を案じろ！」

ロイドは語気荒く叫ぶ。

その声も輝く目も怒気と生気に溢れ、抱き起こす腕にも力があった。少なくとも重い怪我を負っていないことは確かであるようだった。

自分で体を起こすこともできず、支える腕にもたれかかったまま、ウィステリアは微笑んだ。

「……よかった」

思わずこぼれた声に、ロイドが目を見張った。金の目の中で強い光が揺れる。何かを堪えるかのように、その目元が歪んだ。

苦痛に耐えるような目が、ウィステリアの体を見る。魔力の流れを視ようとしているのだと、ウィステリアにはわかった。

そうして、ロイドの口元がかすかに強ばる。率直で果敢な青年が言葉を呑み込んだらしかった。

ウィステリアは力なく笑った。

「……《関門》を四箇所。やれば、できるものだな。でも、絶対に真似するなよ。こんなふうに……魔法が、使えなくなるから」

ロイドは、言葉では答えなかった。ただその金の目でウィステリアを見つめ続け、支える腕に力をこめた。

『——大馬鹿者め』

傍らで、サルティスが低く苦り切った声を発する。饒舌《じょうぜつ》な聖剣にも、もはやそれ以外の言葉が見つからないのだろう。

ウィステリアは淡く苦笑いした。弁明の言葉もなかった。

——意識を保ち、こうして生きているだけで幸運と言えた。

『ぐずぐずするな。——気配が近づいてきている』

冷徹なサルティスの声に、ウィステリアは冷水を浴びせられたように息を止めた。広がっていた安堵が一気に霧散する。

ロイドがたちまち警戒の険しい表情になり、顔を上げて辺りをうかがった。

「何が来る。魔物が近づいてきているのか」

支える腕が抱き寄せようとする。ウィステリアは緩慢に頭を振り、その温度を意識から排除した。

「いま……魔法が使えないんだ。だから、《転移》で戻ることができない。君を戻すことも。すまない。こんなことなら、早く《転移》を教えておけばよかった」

「……そんなことはいい。気にするな」

ウィステリアの言葉を、ロイドは顔を戻して聞いていた。

ロイドがもう一方の腕を膝裏に入れて抱き上げようとしたとき、ウィステリアは冷たく白い手で、青年の胸をそっと押した。

「だめだ。私の体に魔物が寄ってくる」

ロイドの目が見開かれる。

ウィステリアは力のない微笑を浮かべたまま、できるかぎり軽い声色を装った。これは深刻なことではないと示すために。

「だから……一人で、帰れるな？」

鈍く軋《きし》む胸の感覚を振り払い、告げた。

見開かれた金の目が更に大きくなる。だがすぐに、その銀の眉と両眼が険しく歪んだ。

「――何を、言ってる？」

ロイドの声は低く、威圧するような力を帯びた。ウィステリアは答えを返すために力をこめなければならなかった。

「……わかってるだろ。私の体には瘴気と魔力が入り交じっていて……魔法もそうなる。これを好む魔物は、とても多い。《関門》を開け、《黒雷》まで使った。大量の残滓《ざんし》が漂ってる。私の体からも。ここに餌がいると大声で周りに知らしめたようなものだ」

「それと、一人で帰れということに何の関係がある？」

ロイドの声に鋭さが増し、更に低くなる。観察力と洞察力に優れ、一つの言葉で何倍もの情報を得る青年が、今はその力を失ってしまったかのようだった。

――わかっているはずだ。

ウィステリアは、言外にそう告げた。

そして細い呼吸を繰り返した。息苦しく、すぐには声が出ない。それでも言葉を絞り出す。

「《転移》で飛んだが、時間をかければ《浮遊》でも戻れる距離だ。君一人なら、それで戻れるだろう」

抱き起こされて地に触れる脚に、小さな振動を感じた。――地上、あるいは地中を進み、こちらに向かってくるものがいる。

内臓が痙攣するような感覚が再びウィステリアを襲った。冷たい恐怖がまたせりあがってくる。

サルティスが、その怖れを言葉にした。

『イレーネだけではない。四眼は死んだ。魔物の死は他の魔物にとって晩餐の時間を意味する。とりわけ《大蛇》、それも四眼となればまたとない貴重な餌だ。大量に集まってくる。集まったものを狩るために更に別の魔物が集まり、この周辺は異形どもの密集地と化す』

聖剣の言葉に応じるように、甲高い獣の叫びが空から降った。ウィステリアは顔を跳ね上げ、ロイドもまたそれを追う。いくつもの鳥影が、暗い青と濁った緑の層の空に浮かび上がっていた。

ロイドの目が、再びウィステリアに向いた。

「だから？　――あなたをここに、置き去りにしろと？」

ウィステリアは、かろうじて唇に微笑を留めた。

「死ぬつもりでは、もちろんない。ただ、魔法が使えるようになるまで息を潜めて隠れているというだけだ。サルティスが隠してくれるから……大丈夫だ」

胸にわきあがってきたものを押し殺しながら、表情を作り続けた。

――魔法は、戻ってくるだろうか。

脆く、小さな疑問が体の奥で谺する。しかしその感情さえもどこか鈍いのは、自分の体に強く感じるほどの力が残っていないからかもしれなかった。

かつてディグラと戦ったときもこんなふうに魔法が一時的に使えなくなった。あの時は何とか戻った。

――《関門》は、三箇所だけ開けていた。

「いま、私は魔法が使えない。君には剣がない。だが魔物は更に大挙して、空からも地中からも押し寄せてくる。交戦を避けないといけない」

――戦う力を、双方ともに失った。たとえ常のような力があったとしても、この場を一刻も早く逃れることが唯一の正解だった。今の戦力なら、他の選択肢などない。自分を抱えては、途中で魔物に襲われる。

言外にそう示した意味まで、おそらくロイドは察した。かすかに息を止める気配がした。

「先に行け、ロイド。私一人なら……大丈夫だから」

大丈夫だという言葉を、ウィステリアは強く意識して絞り出した。自分自身にも言い聞かせるためにそうした。

ロイドはわずかな間、沈黙した。驚きを表していた瞳が、硬く引き絞られる。

「――ふざけるな」

焔のような声が無言を破り、ウィステリアの背と膝裏に腕を回し、そのまま抱き上げる。

「……ロイド」

ウィステリアは厚い胸を覆う黒の衣に手を触れる。抵抗し、突き放そうとするのに、うまく力が入らない。なのに、抱き上げる腕や足はあまりに強かった。

『何を勘違いしている、小僧』

凍てついた刃を思わせる声が一閃した。

腕に抱き上げたまま、金の両眼が黒い鞘ごと地に突き立つ剣を睨む。

『この女はずっとこうやって生きてきた。己の力で戦い、必要なら息を潜めて回復を待つ。自分でまた立ち上がれるまでそうする。かつてあの四眼と戦ったときも、そうしてやり過ごした。誰の助けもなく、必要としない。それがこの女の生き方だ』

ウィステリアは目を伏せ、閉じる瞼に力をこめた。

――かつて《黒雷》を使ったとき、サルティスの側で胎児のようにうずくまっていた記憶が生々しく蘇る。

剣の周りに小さな球状に展開された魔法は中にいるものを隠し、魔物の視覚や嗅覚から隠蔽する。だが体から漏れる瘴気や魔力までは隠しきれなかった。

ウィステリアは狭い球体の中で、ずっと息を潜めて自分をかき抱いていた。すぐ側を、魔物の息づかいや足音が通っていく。見えず、聞こえず、嗅げずとも、魔法の痕跡でそこに何かがいると魔物は知っているようだった。集まった魔物たちは執拗に目や鼻先を動かし、あるいは耳を立て、長い舌や触手を這わせ、近くに潜む獲物の正体を突き止めようとしていた。

うずくまるウィステリアの耳の奥で、何度も打ち付けるような激しい鼓動の音が響いていた。自分の震えさえ察知されてしまうのではないかと怯えた。

自分で立つ力も魔法の力さえも失ったとき、すぐ側を徘徊する魔物があれほどにもおそろしいものだと知った。久しく遠ざけたはずの、この地に来たばかりのときに抱いた恐怖と同じだった。

（……大丈夫だ）

揺れる息をこぼしながら、ウィスティリアは心の中でそう唱えた。

あの時、息を潜め、震えながら永遠にも思える時が過ぎるのをひたすら待った。それから立ち上がることができ、今ここにいる。

一度は耐えられた。きっと、今回も耐えられる。《黒雷》と同じように。

『イレーネを下ろせ、小僧。そして疾《と》く去れ。餓鬼の面倒までは見きれん』

サルティスの厳格な声が、宣告のようにウィスティリアの耳に響いた。

――サルティスの言葉は正しい。

ロイドは一人でこの場を逃れて、自分はここで息を潜めて立ち上がれるようになるのを待つ。それが二人とも生き延びるための確実な方法だった。

甲高い魔物の叫びが、遥か頭上でけたたましさを増す。空にも魔物が集まりはじめ、その数は増える一方になる。

ウィスティリアは強く目を閉じ、喉の奥で震えを殺した。そうして、ロイドが離れていくのを待った。

「――そうか」

すぐ側で、這うような声がした。

「そうやってお前は、ただずっと見ていたのか。振るわれるべき剣でありながら」

抑えた、だが苛烈な焔を思わせる言葉が突然ウィステリアの胸を刺す。

――違う、サルティスは。

わななく唇の奥に、そんな言葉がこみあげる。なのに、その先が続かない。

次の瞬間、長く共に過ごした中で聞いたことのない嘲りの哄笑がサルティスから響いた。

『己のためにここへ来て、イレーネと戦うためだけにただ数月を過ごす小僧が我に何を説こうとする。この女が地に落ちて伏したとき、傍らで見ることすらもできなかったお前が、一体何を憤る？』

鋭く切りつけるような言葉に、ウィステリアは閉じた瞼を震わせた。

ロイドがうめきともうなりともつかぬ声を噛み殺すのが、間近で聞こえた。それでも抱き上げる手に力がこもったのをウィステリアは感じた。

『――下だ』

サルティスの声から嘲笑が消え、冷たく無機質なものになる。ウィステリアは目を見開き、抱き上げられたまま地面を見た。

――そこにもういるのだとサルティスは告げていた。

間を置かず、土に亀裂が入った。一つではない。土中に魔物が潜むことを示すそれが、次々と現れ始め――聖剣と二人を囲む歪な円を作り始める。

ウィステリアは青ざめた顔でロイドを見上げた。――《潜魚》か《土蟲》か、あるいは。

「行け、ロイド！　私は大丈夫だ、後で合流する！　だから早く――！」

声を抑えながらも叫んだとき、ロイドはウィステリアに目を合わせた。

その射るような黄金の輝きに、ウィステリアは一瞬呑まれる。この異界に存在しないはずの月が闇の中に輝いて、自分だけを照らしているかのようだった。

ロイドは身を屈め、サルティスの側にウィステリアを下ろした。そうして背を向けた。

束ねた銀の髪が揺らめき、その体から魔法の行使を示す淡い白金色の魔力が滲み出す。

ウィステリアはとっさに伸ばしかけた手を押さえこんだ。これでいい、と自分に言い聞かせる。

空を飛ぶ魔物が襲ってこないうちに、ロイドだけでここを離れるべきだった。

だが、ロイドの体が浮かび上がることはなかった。代わりにその手にまばゆい白銀の光が集束し、長く、細く――粗削りの剣のような形をとりはじめる。

「――サルティス。師匠を隠せ」

背を向けたまま、低い声が言った。

ウィステリアは紫の瞳を見開いた。

戦意に満ち、黒衣に包まれた背は一回りも大きくなったように見えた。だが広い背にはいくつも裂け目がのぞき、その肩、腕、足にも破れた布の下に傷がのぞいていることに気づく。

「ロイド……!!」

震える腕で体を起こし、ウィステリアはロイドに手を伸ばした。

しかしすぐ側に突き立った剣から、無言で魔法が展開された。剣を中心として淡い白の光が小さな球体を描き、ウィステリアとサルティスを閉じ込める。

『動くな、イレーネ。お前がここから動いたらすべて無意味になる』

冷徹な叱咤が、動こうとした体を縫い止める。ウィステリアは振り向き、信じがたいものを目にしたようにサルティスを見つめた。

――なぜ。どうして。

恐怖に似た焦燥。同時に、目の奥が痛み、喉が締め付けられるような熱があった。立ち上がろうとして、膝が勝手に折れる。

「ロイド、だめだ！　頼むから……っ！」

懇願するように、悲鳴のように、ウィステリアはその名を呼んだ。

青年はそれでも振り向かない。

大地に小さな隆起ができる。火山を思わせる形をしたそれは、今にも噴火のときを待ち、二人の人間の周りに連なっていく。

ふいに、火花の散るような声がウィステリアの耳に聞こえた。

――決して。

地の隆起が震える。その下に潜むものが間近に迫っている。

ロイドは、白金の魔力で編んだ剣をその手に強く握る。

「あなたを置いていきはしない――決して!!」

一斉に爆ぜて飛び出した魔物に、青年の咆哮と薙ぎ払いが重なった。白い焔そのもののような光が、飛びかかる《潜魚》をまとめて一閃する。

荒々しく燃えるような輝きが、ウィステリアの目に焼き付いた。

息をつかせず第二波の群れが飛び出し、襲いかかる。群れを成す魔物はその数を力として牙を剥いた。――本来なら、遠くから魔法で殲滅すべき敵だった。
（ロイド）
だめだと、逃げろと叫びたかった。だがサルティスの力に匿《かくま》われている今、ウィステリアはロイドの足手まといにならないようにすることしかできなかった。

こんなにも視界が滲む。こんなにも息が苦しい。

――こんなにも、ロイドが魔物に襲われるのがおそろしい。

白銀の刃が振るわれるたび、その残滓が無数の小さな光となって舞い散る。

白く輝く剣の熱が移ったかのように、こんなにも体が熱い。

形ある剣を手にしているように、ロイドは大きく切り払い、返す刃で薙ぎ払い、波のように次々と襲いかかる《潜魚》を切り捨て、あるいは焼き払っていく。

討ち漏らした一体の牙が、脇をかすめた。布が裂けて毛羽立ち、その下の皮膚がのぞき、赤く滲む。ウィステリアが凍りつく側で、ロイドは眉一つ動かさず、その一体をも切り捨てた。

ウィステリアは震える手で上体を支え、立つこともできないままただその光景を見ていた。

開かれた紫の瞳の中で、輝く白銀と黄金の光が躍る。

次々と襲いかかる《潜魚》の牙が、青年の足を、肩をかすめて傷を負わせていく。

時間はひどく長く引き延ばされ、ウィステリアにとって永遠の拷問のようにすら感じられた。それでも目を背けることはできなかった。

輝く剣が斜めに大きく切り下げる。複数の《潜魚》がまとめて巻き込まれ、魔物の体がずれて地に落ちた。痙攣した後、すぐに動かなくなる。

土の飛沫と魔物の影が止んだ。火が消えたような静けさが訪れる。

ウィステリアの目に映る、漆黒の衣に身を包んだ背は小さく揺れ、息を弾ませていた。広い背は鋼のように揺るぎなく、戦意に満ちていた。その身に傷を増やしても、声一つあげない。

ウィステリアの視界は滲み、唇を震わせたとき——突然、地面に触れる手に振動を感じた。

（また……!!）

血の気が引く。地中を進んでくる魔物。《潜魚》だと考えたとき、しかし手に感じる振動がもっと大きなものだと気づいた。重く長く響いている。

サルティスの、うめくような声を聞く。

ウィステリアは蒼白になった顔を上げ、辺りを何度も見回した。

「サルト、何だ。何が……」

発した声が震える。だが言葉より先に、ロイドの遥か前方に答えが現れた。

——《潜魚》よりも遅く、悠然とすら言える速度で向かってくるもの。遠目にも比べものにならぬほどの、巨大で長大な隆起。

大地が抉られ、腫れ上がった傷痕のごとき掘削痕。

ウィステリアの視界が、一瞬で暗黒に塗り潰された。

「……ロイド、逃げろ」

絞り出した声が、どうしようもなく震えた。

――ディグラではない。別の《大蛇》。ウィステリアの知らない、だがディグラと同じ種の魔物だった。

ロイドは振り向かない。その手に、魔力で編んだ粗削りの剣を握ったままだった。

動こうとしない背に、ウィステリアは顔を歪めて叫んだ。

「ディグラでなくとも、《大蛇》に魔法はほとんど効かない！　その魔力の剣では戦えないんだ！　すぐにここから離れてくれ！」

叫びは、ほとんど悲鳴のように響いた。大きく頑なな背に、かきむしりたくなるような苛立ちと焦燥がこみあげる。

頼むから、とかすれた懇願を絞り出す。

「サルティスは、《大蛇》からあなたを守れるのか？」

透徹とした声が、懇願を破った。

ウィステリアは小さく手を震わせた。とっさに言葉を探しあぐねたとき、聖剣の無機質な声が代わりに応じた。

『前回は別の《大蛇》が来るなどということはなかった。いかなる状況であろうとも戦うのはあくまでイレーネ自身だ。我は剣。都合の良い子守役ではない』

頭に響く言葉に、ウィステリアは力の入らない手を握り、息を止めた。

——当然の論理。ただの事実だった。サルティスは主を選ぶ剣で、頼れる師であり気安い同居人であっても、自分の騎士でも子守役でもない。

守ってもらおうなどと、助けてほしいなどとは思わない。

——たとえ、魔法の力を失っても。

ウィステリアは引きつる息を吸った。

「……私なら大丈夫だ。これまでも切り抜けてきた。後で合流するから、君は先に行ってくれ」

抑え、落ち着きを装った声で再び青年に告げた。これは敵から逃げることでも、仲間を置き去りにすることでもなく、ただ必要な戦略なのだと思わせるために。

手を伸ばしそうになる臆病な自分を押し殺すように。

(息を潜めれば、《大蛇》であってもきっとやり過ごせる)

大丈夫だ、と自分に繰り返し言い聞かせる。——握った手の小さな震えは、体を支える腕の震えは、ただ力が入らないからだ。

それでも、ロイドはこちらを見ない。その長身の向こうに地の隆起が大きくなっていた。大地を抉る巨大な魔物が近づいている。

ウィステリアは力を振り絞って叫んだ。

「こんなところで君を死なせるためにディグラと戦ったわけじゃない！　剣もなく、今の君が使う魔法で戦えるような敵じゃないんだ。わかっているだろう！」

苛立ちと焦燥とおそれがないまぜになったものをぶつける。それが広い背に吸い込まれ、手に握られていた魔力の剣が光を撒き散らして消えた。

ロイドは振り向いた。

「――剣なら、ここにある」

焔のように輝く黄金の目が、大地に直立する剣を射た。

ウィステリアは目を見開いて硬直する。

ロイドが大股に詰め寄り、黄金の柄に手を伸ばす。だが触れる寸前、小さな雷が生じてその手を弾いた。

『触れるな、痴《し》れ者が』

柄に象嵌《ぞうがん》された翡翠の宝石が射るような輝きを放った。

その柄に劣らぬ強い光を帯びた金の目が、意思持つ剣を睨む。

「敵を前にしてなお抜かれることを拒むか！　今この時だけでいい、剣としての役割を果たせ。主として認めろなどとは言っていない！」

切りつけるようなロイドの叫びに、サルティスは明確に冷笑の声をあげた。

『やはり餓鬼だな。ずいぶん都合の良いことを言う』

「いかなる敵にも抜くことができない剣に何の意味がある。サルティスなどという名も聖剣などという仰々しい名称もすべてただの飾りか！」

『――いついかなる状況であろうとも、真の主以外にこの身は使わせん。資格なきものに抜けるほど安い刃と思うな。それがゆえの《サルティス》。どのような言い訳も状況も許す理由にならぬ』

剣から響く声は凍てつき、冷酷にも思える言葉がウィステリアの身を硬くさせた。

――サルティスは真の主以外にその刃を抜かせない。使わせない。それがどれほどの危機であっても。たとえ、間近にいる人間を死の危険にさらすことになろうとも。

ウィステリアはそれをよく知っていた。その意味を理解し、受け止め、考えないようにしていた。あるいは、目を背けていた。

ロイドは闇夜に浮かぶ月のような目でサルティスを射ることをやめなかった。激しい怒りがその身に燃え、鋼を思わせる体をより大きく見せるようだった。

剣を握っていた手がわずかに動き、そこに魔力の粒子が再び滲み出す。

『我はサルティス。お前の識《し》るいかなる剣とも異なりし剣。――それでも今この身を求めるならば』

黄金の柄の下、剣身をすべてを覆い隠す漆黒の鞘が妖しい輝きを放った。

『小僧。今この一時のために、二度と剣を握れぬ体になる覚悟はあるか？』

剣の声が、闇に響く。ウィステリアの頭は真っ白になった。乾くほど目を見開いて聖剣を見た。

自分が耳にした言葉が信じられなかった。

金色の双眸もまた見開かれ、その手から魔力の光が霧散する。――だが、驚愕はすぐに消え、金の両眼は刃のように細く研ぎ澄まされた。

『貴様がこの場を逃れ、この女が自分で立ち上がるのを待てば、貴様は何も失わずにすむ。貴様の目的は生還し、己の力を証明すること。生きて戻らぬかぎり証明はなされない。――そして戻った後も、貴様は力を求め続けるつもりなのであろう。剣を握り敵を討つ剣士として』

道理を説くように、感情の無い声が響く。

サルティスの金色の柄が、凍えるような光を放った。それならば、と声は続ける。

『ただ、お前はこの場を去るだけでよい。卑怯や臆病と誹《そし》る者はいない。それがもっとも賢明な判断だからだ。この女もそれを理解している。――そうやって生きてきた女だ』

地に体を起こしたウィステリアの脚に、振動が大きくなるのが伝わった。魔法を弾く、巨大な魔物がもう迫っている。

ウィステリアは重い瞼を持ち上げ、ロイドを見た。言葉もなく、ただ烈火のような金の目が見つめ返した。

――この青年が剣を、魔法を真摯《しんし》に求めていることは知っていた。

力の意味を、自分自身であることの意味を求めているのだと語っていた。おそらくはこの先も、自分自身の力と刃で道を切り開いていくだろう。

だからウィステリアは強ばる頬を力ずくで持ち上げる。――行ってくれと告げるために。

だがロイドはもうこちらを見ていなかった。

「それだけか」

青年の言葉は、ウィステリアの言葉ごと淡い笑みを打ち砕いた。

ロイドは聖剣に踏み込んだ。

「言いたいことはそれだけか、サルティス!!」

風を裂くように吼え、その両手がためらいなく黄金の剣をつかんだ。火花に似た小さな雷が弾ける。

ロイドは構わず地から鞘ごと引き抜く。両手が柄と鞘にかかった。

『よかろう、強情者よ。その身が持つ限り、せいぜい敵を切り払え』

聖剣が笑う。

——そうして、ロイドは深い闇の色をした鞘を払った。

ウィステリアは紫の瞳を大きく見開いたまま止まった。その双眸に、鞘を払われた《サルティス》の姿が映る。

これまでサルティスが仮の主に見せていた剣身は輝くような白銀だった。

しかしいま紫の双眸に映るのは、まったく異なる色だった。

闇夜の色に染まった鞘よりなお暗く深い——一切が漆黒の刃。

抜かれた剣はロイドの手の中で大きさを変え、長身の剣士にふさわしい長さに伸びた。特異な色の、だが傷一つ無い剣として静かにおさまる。

——とたん、火が爆ぜるような音がそれを破った。

漆黒の剣先から連なる楔のような黒い光が立ち上り、鍔《つば》へ、柄へ一気に駆け上る。金の柄を握る者の手も腕も肩も、瞬く間に黒の光炎で侵す。

なおも止まらず、躍りかかるように剣を握る者の胸を貫いた。

「が、……っ!!」

金の両眼が見開かれ、その体が揺らぐ。

「ロイド!!　やめろサルティス!!」

ウィステリアは悲鳴のように叫んだ。手を伸ばし、立ち上がろうとする。だが浮かしかけた体が膝から崩れ、眩暈に世界が揺れた。息を震わせながら、顔だけを上げる。

ロイドは強く歯噛みし、目元を歪めながら踏み止まった。崩れかけた姿勢を戻し、挑むように、もう一方の手を柄に添える。

胸を貫いた焔は消えていたが、剣が絶えず発する黒い光焔は両腕から肩までを覆って留まった。黒の焔に包まれる中、腕や肩は不可視の刃に斬られたように裂傷を負っていく。

侵蝕する闇に抗おうとするかのように、ロイドの体から白金の光を帯びた魔力が滲み、全身を鎧《よろ》う。

抜き放った黒の剣を手に、ロイドはウィステリアに背を向けた。黄金の瞳が闘志に輝き、迫る巨大な地面の隆起を睨む。

己の魔力を鎧に、暗い光を放ち続ける柄を両手で握り、剣先を下げたまま――ロイドは地を蹴った。《大蛇》の隆起に向かって疾駆する。

「ロイド……!!」

ウィステリアの呼び声は、遠ざかる背に届かなかった。

剣先で地面を擦りながら、青年の腕が剣を振り上げる。

刃が空に弧を描いた瞬間、大地に亀裂が走った。瞬く間に伸びた亀裂は巨大な隆起と衝突する。

爆発音が轟き、隆起を大きく抉り、吹き飛ばした。

《大蛇》の巨体が露出する。

覆うものを突如として剥がされた魔物は己の目の前に小さな獲物を見つけ、高く首をもたげて牙を剥き出しにする。三対の目。二重の顎を持つ巨大な《大蛇》が対峙する。

ウィステリアの目に、明けることのない空に白銀の光が昇るのが見えた。

《浮遊》で一気に《大蛇》の頭上に舞い上がったロイドが、漆黒の剣を振りかぶる。

そして、咆哮と共に全身で振り下ろした。

銀光が、稲妻のごとく空から大地へ落ちる。

剣は、その身の何倍もの黒い光を発して巨大な刃と化し、《大蛇》の巨体を脳天から切り裂いた。

縦に両断された魔物の体が左右に割れる。そして轟音をたてて崩れ落ちた。二つに分かたれた亡骸は激しく痙攣し、流れ出す血で大地を染めていく。

ウィステリアは息も忘れ、ただその信じがたい光景を見つめていた。歪み、かすれる視界であっても、それが幻でないことだけは確かだった。

地上に降り立った銀影は、黒い剣を手に背を向けていた。

――頭上で、突然甲高い獣声がした。

ウィステリアが顔を上げると、いくつもの鳥影がずっと距離を詰めて旋回し、こちらをうかがっているのが見えた。

ロイドが身を翻し、剣を手にしたまま地を駆けた。《浮遊》で加速してウィステリアの元に戻る。《大蛇》を一撃の下に切り捨てたはずの体に傷が増え、こめかみや頬に裂傷を負い、赤い血が伝って顎に滴る様がウィステリアの目に映った。

手に持った漆黒の剣は、絶え間なく暗い光焔を発し、ロイドの腕と体を蝕み続けている。

肩から腕にかけ、何重にも切り裂かれた袖が、血で色濃く染まっていた。

――ロイド、とウィステリアはかすれ、引きつる声で呼んだ。

目元が歪み、頬は強ばり、喉が締め付けられてうまく声が出ない。

ウィステリアの側まで戻ると、ロイドが再び地を蹴り、今度は垂直に上昇した。降下してきた鳥影と衝突する。

振るわれた剣が黒く巨大な孤を描くたび、魔物の断末魔が響く。斬られた魔物の亡骸が、小さな隕石のように次々と落下する。

ウィステリアには届かないその場所で、黒の刃が何度も異界の空に漆黒の月を描いた。

やがて最後の一体が両断され、落下していく。

そうして、黒の剣を帯びた銀影はウィステリアの元に舞い降りた。魔力を放ち、煌めく銀の髪が風を孕んで揺れる。

耳をつんざく魔物の声は、もう聞こえない。

紫の瞳に映る剣士の姿は、傷にまみれていた。頬や首の横から流れる赤が目立つだけでなく、今も剣を握る腕や肩は黒い光に包まれたまま、衣は至るところが破れて肌から滲み出したものを吸い、濃く変色していた。

ウィステリアは顔を歪め、わななく唇を強く閉ざして耐えた。胸を突き上げるものが喉までせりあがり、首を絞め付ける。目の奥が痛み、熱をもってこぼれてしまいそうになる。

ロイドは投げ捨てた黒い鞘を拾い、剣の先を鞘口に当てた。

静かに滑らせ、かすかな音をたてて鍔と鞘を合わせる。とたん、肩から腕を蝕んでいた黒い光焔は消え、代わりに小さな雷が発生し、青年の手を弾こうとした。

ロイドはウィステリアに歩み寄り、サルティスを差し出した。

喉を締め付けられるような苦しさを抱えたまま、ウィステリアは鈍い動きでそれを受け取る。慣れ親しんだはずの剣は、ひどく手に重く、冷たかった。

突然、ロイドは身を屈め、ウィステリアの背と膝裏に腕を差し入れた。

「……！」

ウィステリアは紫の目を見開いた。そのまま抱き上げられ、とっさに反応できない。

驚き、うろたえてロイドを見上げる。その頬に、太い首に、鮮やかな赤が流れ、皮膚に擦れているのを見て体が強ばる。

いま自分を抱き上げる腕さえ、更に多くの傷を負っていた。腕だけではなく、肩も胸も足も。

一人の人間を運べるような状態ではなかった。

――その黄金の双眸だけが、魔力の昂ぶりを映して煌々と輝いている。

「ロイド、待て」

とっさに押し返そうと手が触れた肩にも、布が裂けて傷がのぞき、ウィステリアは手を撥ね上げた。

ロイドは答えず、地を蹴って異界の空に浮かび上がる。

――このまま《浮遊》で戻る気だと悟ったとき、ウィステリアは首を振った。

「その傷では、だめだ。私を抱えては……下ろしてくれ！」

叫ぶ力もなく、震える声で懇願する。だがロイドは目を向けることさえなく、瘴気に満ちた空の先を射るように睨んでいた。傷を負った体に決して軽くはないものを抱えながら、それでも揺らぐことなく空を駆ける。

「……ロイド」

小さな揺れが、ロイドの動きが触れあった体から伝わる。

ウィステリアはもう一度名を呼び、頼む、と繰り返す。

――置いて行けばいい。一人でもきっと立ち上がれる。うずくまっていれば、きっと恐怖もやりすごせる。

ロイドが動くごとに銀の髪が背に流れてなびき、開いた襟から肌に滲む赤い擦れと、鈍色の首飾りが目に映る。

その胸を、見たこともない力が貫いた光景が目の裏に蘇る。知らないサルティス。

――《転移》で飛んだ距離は、決して短いものではない。《浮遊》で戻るには相当な時間と魔力を要する。

その距離を、この体で、自分を抱えて飛び続けることなどすれば、ロイドは。

ウィステリアの視界はかすみ、滲んだ。震えるまま首を振った。傷ついた体を突き放すこともできなかった。

「ロイド――お願いだ」

下ろして。置いていって。

金の瞳は振り向かない。答えない。あるのは、体を抱く腕だけだった。

静かにこめられた手の力だけが、ただ一つの答えだった。

四章◆ウィステリア・イレーネのいない世界には

その瞼が落ちるまで

――すぐ側で、呼吸の音が聞こえる。息を乱し、それを抑えているような音だ。

時折、優しく揺すり上げるように抱え直される。いつしかウィステリアの意識は朦朧としはじめ、頭を厚い胸によりかからせていた。腕の中にサルティスを抱え、手放さないよう、その重みに強く意識を向けることで、暗く深い波にさらわれそうになる自分を繋ぎ止める。

手足がひどく冷たく、感覚がほとんど失われていた。体の内側から熱をなくしているようだった。消えた炉のように暗く静かで、そこに流れていたはずのものを感じ取れない。

それが何を意味するのかさえうまく考えられない。

無限のようにも思えた距離を、ロイドは一度も止まらず飛び続けた。ただひたすら前を見つめ、うめき声一つあげず、眉一つ動かさなかった。信じがたい集中力と体力だった。

やがて《浮遊》の速度が落ちていくのを、ウィステリアはまどろみに沈みかけた意識で感じた。ロイドは緩やかに止まり、巨木の中を降下していく。魔力に反応して透過する天井――もうずいぶん長い間空けていたような、この地での家にたどりつく。

ロイドの足が床についた。

居間は暗く、静寂に満ちていた。白金の魔力が、天井付近につるした鉱石に干渉し、発光させる。

抱えられたまま、ウィステリアは寝室に運ばれる。だがその扉の前で、ロイドは一度立ち止まった。

「――入るぞ。いいか？」

静かに胸に響く声に、ウィステリアは鈍く顔を上げる。そうしてようやく、金の双眸と目が合った。

緩慢に瞬き、重たい思考の中で、律儀な青年だと感じた。少し間を置いて、思い出す言葉があった。

――出会って間もなかった頃。はじめて青年がこの地で過ごす夜に聞いた言葉だった。

〝寝室に踏み込むような真似はしない。今ここで誓約しておく〟

ウィステリアの口元に、自然と淡い笑みが浮かんだ。不遜な青年であるのに礼儀正しい面もあり、こんな状況でも約束を守ろうとしていることが少しおかしかった。

「……うん」

短く、答えた。

ウィステリアの許しを得て、ロイドは肩で押して扉を開けた。明かりの灯っていない寝室に微光が差し込み、ロイドは奥の寝台に向かってまっすぐに歩いていく。

寝台の側に立つと、ゆっくりと身を屈めてウィステリアの体を横たえた。

慣れた寝具の感触が背に触れると、ウィステリアの中にあった細く張り詰めた糸がふいに切れた。

意識が急に遠のき、抗えない力で引きずり落とされていく。

ぼやけた目に、小さな金の光が映る。青年の大きな体が、そこに負った傷が滲んで見えなくなっていく。――自分よりもよほど、ロイドは怪我を負っているのに。

「手、当てを……」

「――心配するな。自分でやる」

手を、体を持ち上げようとするのに動かない。

――居間の棚に道具がある。

ウィステリアは力を振り絞ってもつれる舌を動かし、途切れ途切れにつぶやく。ああ、と低く胸に響くような声だけが聞こえる。

（それ、から――）

また、舌を動かそうとする。なのに開いた唇からはもう吐息しか出てこず、音にならない。

ロイドに伝えなければ、言わなければならないことがある。

――言わなくちゃ。

でも、ああ、あまりに体が冷たくて、瞼が重くて、もう目を開けていられない――。

◆

白い瞼が落ち、小さく頭を傾けて師が意識を失ったとき、ロイドはとっさに手を伸ばしてその唇の前で呼気を確かめていた。

指に淡い呼気を感じ、呼吸でかすかに胸が上下するのが見えたとき、ロイドはようやく詰めていた息を吐いた。

とたん、痛みが全身を襲った。

「――っ」

奥歯を噛み、声を押し殺す。くぐもった、獣のような低いうなり声が漏れる。どくどくと心臓が脈打ち、こめかみの内側から爆発しそうな感覚だった。全身の傷が呼応するように痛みを訴えてくる。どっと汗が噴き出てロイドの輪郭を伝い、滴り落ちた。呼吸が浅く、速くなる。

両腕はひどく熱を持ち、石のように強ばった。持ち上げた手の平が震え、力を入れて握ることができない。

眠る師に背を向け、不安定な地の上を歩くように進んだ。重い体を引きずって寝室を出る。唐突に足が力を失い、ロイドはとっさに扉に背をぶつけた。悪態が口をついて出る。立っていることができず、背を預けたままその場に崩れた。暗い天井を仰ぎながら、痛みを堪えてやり過ごし、短い呼吸を繰り返す。

——意識を失う直前、師は何かを言おうとしていたように見えた。必要な道具の収納場所についてか、それとも身を案じる言葉か。あるいは別の何かであったのか。

ロイドは目を閉じる。立ち上がる力が戻ってくるまで、しばらく呼吸に集中していた。

それから、ロイドは体の応急処置を行った。師に教えられた道具一式の箱を居間の収納棚から取り出し、浴室に運ぶ。無残な有様になった服を全て脱ぎ捨てたあと、自分の体の状態を調べた。傷は多かったが、予想していた通り、致命傷や重傷となるようなものは負っていなかった。

魔物との交戦で負った傷より、サルティスを使ったことで負った傷のほうが多かった。

それを確かめた後は、水を浴びて全身を洗い流した。

久しく感じていなかった目の眩むような痛みを、食いしばって耐える。血を洗い流しながら、くぐもったうめきを浴室から出さないようにした。

体を洗浄したあとは箱から取り出した傷当てをし、腕や足に包帯を巻く。手がいつものように動けば難なく出来たはずの処置に難航し、口にくわえながらきつく巻き付けた。

それだけで息が少しあがった。自分のそんな状態に苛立ちを覚えたとき、やや不格好に巻いた包帯に蘇る記憶があった。

――包帯として使えるものや、ある程度の処置まで可能にする道具を常に備えているということの意味。

ほとんどの魔物を空高くから一方的に屠れる師であっても、まったく負傷しないわけではない。ましてや今の強さを手に入れるまでにどれほど危険に身をさらし、傷ついてきたのか。

〝この女が地に落ちて伏していたとき、傍らで見ることすらもできなかったお前が、一体何を憤る?〟

サルティスの放った言葉の意味が脳裏をよぎり、ロイドは暗い宙を睨んだ。

頭に血が上り、こめかみの辺りで激しく脈打つ。うめきごと噛み殺し、堪える。

逆立つ神経と息を整え、再び師の寝室に向かった。

足を踏み入れるその時、ロイドは瞬きの間だけ止まった。

――かつてこの部屋には踏み込まないと自ら誓った。そんなことをする必要もそんな状況も生じないと思っていた。

うん、とかすかに唇を綻ばせた顔が、まだ目の裏に焼き付いている。

反芻したその姿に再び許しを得たように、ロイドは足を踏み入れて寝台に近づいた。

解けかかった腕にサルティスを抱えたまま、ウィステリアは眠っている。

ロイドは腕をぎこちなく伸ばし、サルティスを掴んだ。自分が触れた部分だけ、小さな雷が発生し、強く手を打たれるような衝撃が発生する。ただ掴むのにも時間を要し、小さく舌打ちしたくなるのを堪え、ウィステリアの腕から引き抜いた。寝台の足元にある台にかける。――毎晩、こうしてサルティスは彼女の元にいたのだろうと知り、不快感のようなものを覚えた。

ロイドは声を抑え、問うた。

「――師匠はどうなってる。このまま眠らせておくだけでいいのか」

答えはすぐには返ってこなかった。

薄闇の中で、柄に嵌めこまれた翡翠色の宝石が小さな光を揺らめかせる。数拍して、ようやく答えがあった。

『負傷したのは体の中――魔力の流れや《関門》のほうだ。酷使が過ぎて意識まで持っていかれた。外側からはどうにもならん』

ロイドは一瞬、目を開いたまま止まった。――《関門》についてはじめて教えられた日の言葉が脳裏をよぎった。今となっては遠い昔のことのようにさえ思える記憶。開くことを教えられる前、《関門》が司るものとそれを壊す事の意味を、師は教えた。

「……壊れたのか」

腹の底に重いものが沈むような感覚と共に、ロイドは問うた。

『壊れてはおらん。かろうじてな』

聖剣の無感情な答えに、ロイドは詰まりかけていた息を吐き出した。

「……では《関門》が負傷するとどうなる。どんな影響がある。魔法が使えないと聞いたが、どれくらいで回復する?」

『《黒雷》を撃ち、更に《関門》すべてを開けて魔法を使った――生きているだけでだいぶましだ。かろうじて壊れていないというだけで、この後どれほど影響が出るか、元より魔法が回復するのかどうかもわからん。イレーネ次第であろう』

サルティスの声は常より抑揚を欠き、低く響いた。それが迷いを示すものなのか、ただ仮の主の眠りを妨げまいとするためなのかロイドにはわからなかった。

だがその言葉はロイドの胸を強く突き、息苦しくさせた。

――魔法が回復するのかどうかわからない。

それに反発しかけ、しかし嘘であるはずもないと思い至った。

すべての《関門》を開けたらどうなるか。それほどの力を放つということはどういうことなのか。

かつてそう問うた自分に、思慮深い師は険しい顔をして答えた。

〝魔法を失うか、命を落とす〟

師は誰よりもその危険性を理解し、決して開くなと言った――それでも開き、魔法を放った。

弟子である男を助けるために。

そのことの意味が、ロイドの腹に重く響いた。

サルティスに守られ、あの場にただ留まって待ったところで魔法が回復しない可能性があることも、彼女にはわかっていたはずだった。

――なのに、笑った。

〝先に行け、ロイド。私一人なら……大丈夫だから〟

激しい火に似た何かがこみあげ、ロイドは強く手を握った。うまく力が入らないことにますます苛立ち、憤りが強くなる。激しい何かは息ができなくなるほど喉を圧迫し、体中で荒れ狂う。行き場を求めて叫びたくなるような衝動を抑えつけ、踵《きびす》を返して寝室を出た。師に異変があったときにすぐに気づけるよう、扉はわずかに開けておいた。

隣の自分の部屋も扉は少し開けたままにする。寝床に横たわる前に無意識に手で側を探り、あるべきはずのものがないことに気づいた。

――剣は折れ、柄すらも残っていない。

ロイドは目を閉じて長く重い息を吐いた。

横たわると痛みが一斉に声をあげ、重い疲労が泥のように全身を覆って沈めようとする。それを意識から締め出して眠りを待つ間、遠くおぼろげなアイリーンの声が耳の奥に反響した。

〝この剣でもって勝利し、勝利とともにわたくしの元に戻ってきなさい。必ずよ、ロイド〟

痛みに苛まれながら、ロイドは短い眠りと覚醒を繰り返した。目が覚めるたびに師の様子をうかがい、あとはひたすら自分の体の回復につとめた。

ウィステリアは、深く眠り続けていた。戻って来てから二日目の夜になっても目覚めない。頬は青白く、形の良い唇は乾いて血色を失い、時折苦しげな吐息をこぼした。

ロイドは、滋養の効果があると聞いた小枝を薄く煮出し、温度が下がるのを待ってから、カップに注いだ。そんな動作でさえ、手や腕が思い通りに動かないために時間がかかった。出来上がったものを持って師の寝室に行き、寝台の側に立つ。

水色の上着だけは脱がせてあり、長袖の上衣のままだった。せいぜい顔や首を拭ってやることしかできない。

首の半ばまで覆うはずの襟は、ロイドが寝台に運ぶ前から開いていた。よれて開いたそこから、細い首と浮き出た鎖骨がのぞいていた。薄闇の中で白い肌が淡く光っているようで、華奢《きゃしゃ》な鎖骨の線が目に際立つ。視線が縫い止められたことに気づき、ロイドは意識して引き剥がした。

側にある台にカップをいったん置くと、寝台の端に片膝をのせ、腕を伸ばしウィステリアの上体を軽く抱き起こす。腕に鈍い痛みがはしる。だがすぐに意識から追い出した。

滑らかな輪郭の中、白い瞼から長く黒い睫毛が伸びている。細く高い鼻。乾いた、色の薄い彫像じみた唇。

魔力を帯びて宝石の如く輝いていた紫は、今は幻のように消えている。

湿った頬に張り付く黒髪を長い指がぎこちなく払った。

ロイドはもう一方の腕でカップを取り、眠る師の乾いた下唇に縁をつけた。

「飲んでくれ、師匠」

諭すようにささやき、薄く開いた唇にゆっくりとカップを傾ける。黒く細い眉が寄せられ、軽く咳き込む。ロイドはカップを離し、落ち着くのを待ってから慎重に飲ませた。

ウィステリアは眉根を寄せても、頑なに拒むようなことはしなかった。焦れるほど時間をかけ、一杯分を飲ませる。目は覚めずとも唇に水分が戻り、色づいたように見えた。

「――いい子だ」

半ば無意識に、そんな言葉がロイドの口をついて出た。幼い頃、妹にしていたときの癖が出たようで、ロイド自身も驚く。

寝台の足元から不機嫌に鼻を鳴らすような声がする。ロイドが目を向けると、立てかけられたままのサルティスが、薄闇の中でも黄金と翡翠とを浮かび上がらせていた。

ロイドは眉根を寄せて一瞥し、サルティスから目を離した。

片腕に抱いた師に顔を戻す。寝台に戻すべきであるのに、なぜか動けなかった。思うように動かせず、痛みばかり訴える腕に、それでもこの重みは不快には思えなかった。

小さな頭を胸にもたれさせ、しばらくそのままでいた。

（……まだ二日だ）

――眠り続けてまだ二日しか経っていない。自分にそう言い聞かせても、気が立って騒ぐような感覚を消すことはできなかった。

（あなたも、こんな思いでいたのか）

《蛇蔓》の瘴気を浴び、意識を失った三日間のことはほとんど覚えていない。しかし、師もまた今の自分と同じ行動をとったのだろう。時折意識が浅く浮かびかけるたび、気配が側にあったのを感じていた。おそらくずっと横で見ていてくれたのだろうことも。

ロイドはしばらく白い瞼を見つめていた。

だが突然、目の裏におぼろげな光景が浮かび上がった。

――既視感。これほど近くで、彼女を見たことがある。

（模擬戦……違う）

もっと近くで、その吐息を感じたことがある。

途切れ途切れで、浮かんでは沈み、溺れるような呼吸だった。唇の中でくぐもり、か細く漏れた声。怯えて竦む柔らかいものを追いかけ、搦めとった。

小さな頭を手で抱え、その黒髪の感触までもが手の平によく馴染むように感じたことを思い出す。

体がひどく、熱かった。袖を掴まれ、引き離そうとする手があった。

それに苛立った。

潤んだ瞳は淡い光で揺らめく紫水晶を思わせる。――濡れた輝きの、赤く色づいた唇。

ロイドは小さく目を見張ったまま息を止め、ウィステリアの顔を見下ろした。

（……まさか）

瘴気に侵されて伏せっていた間に、何かがあった。――この生真面目で純真さを持ったままの師が顔を上げられなくなるようなことが。

脳裏によぎったものの意味を、眠る顔の中に探そうとした。

しかし意識を失った女は答えない。

いま答えが得られるはずもないとわかっていながら、ロイドはなおもウィステリアの顔を見つめていた。

静寂のうちに時が過ぎ、眠る師を寝台に横たえる。夜具を被せて引きあげる。

――ふいに、白い瞼がごく薄く開いた。

ロイドは動きを止めた。布の下でウィステリアの手が鈍く動き、何かを捜すような仕草をする。

考えるより先に自分の手を伸ばしたとき、薄い唇からかすれた声がした。

「サルト……どこ?」

ロイドは、伸ばしかけた手を止めた。

『――ここにいる、イレーネ』

寝台の足元から、台座に置かれた聖剣が答える。

半ば瞼に閉じられたままの紫の目は焦点がぼやけ、手は剣を求めて力なくさまよう。

ロイドはそれを見つめ、自分の手を握った。

――夢の中ですら、ウィステリアが求めるのはこの聖剣なのか。ウィステリアを助ける刃も、伸ばす腕も駆け寄る足さえもない、主と認めることもない剣。

温度の低い火で焼かれるような、怒りとも不快感ともつかぬものが腹の底にくすぶる。

だがロイドは言葉なくサルティスに手を伸ばし、拒絶の反応を無視して掴むと、ウィステリアの側に置いた。

白い左手に聖剣が触れると、ウィステリアは花が閉じるように身を縮める。そうして、両腕で聖剣を抱えこみ、子供のようにうずくまった。

サルティスの低い、呆れとも哀れみともつかぬ息が、ロイドの耳をついた。

金の瞳で、ただ師の姿を見つめる。

剣を抱え込み、うずくまって眠る姿はいつもよりずっと小さく脆いものに見える。――サルティスの側で倒れ、息をひそめて魔物をやりすごそうとしたときも、こんな姿だったのか。

ロイドは急に息苦しさを感じた。

この女が、《未明の地》に来て過ごした時間の意味が肌に感じられるようだった。蝶の魔物に囲まれてさまようだけでなく――ずっと、こんなふうに一人で傷をやり過ごしてきたのか。

ロイドは息を止め、強く奥歯を噛む。自分の中にこみあげるものが何なのかわからなかった。

かける言葉もなく佇《たたず》み、剣を抱えて眠る女を見つめていた。

一方的な関係の果て

ロイドは一人で食事を取り、眠り、休息しながら、回復に専念した。体がどれほど動かせるかを細かに確かめた。――現状の把握とその対処に集中することで、気を紛らわそうとした。

ウィステリアが眠り続けて三日目の朝、ロイドが様子を見に行くと、白い頬に朱色がさしていた。

呼吸が荒く苦しげなものになり、黒く細い眉が寄せられている。

発熱していた。ロイドは険しい顔で、眠る師の姿を観察した。

――何が起こっている、と聖剣に問い詰めても、不明という答えしか得られなかった。

ロイドは自分もまた、瘴気を浴びた際に発熱していたことを思い出した。

寝台の端に腰掛け、水に濡らした布で、白い顔や首を拭った。着替えさせるべきだとはわかっていたが、上着は脱がせてあり、これ以上手をかけることはためらわれた。結局、余計なことはするなと喧《かまびす》しく叫ぶサルティスに従わざるを得なかった。

抱き起こしてこまめに水分を取らせ、顔や、腕を拭って少しでも熱を取ろうとする。その程度しかできないことに、ロイドは行き場の無い苛立ちを覚えた。

少しの世話を終えたあと、寝台の側にあった椅子に腰掛け、体を前に傾けながら肘を膝の上に置いて手を組んだ。ただ、ウィステリアを見つめていた。

朝と比べ、苦しげな表情は和らいでいるようだったが、師がいま何に苦しんでいるのか、何に傷つけられているのかはわからない。

――伸ばされた手が、ふいにロイドの眼裏に浮かんだ。

制御を失い、落ちてゆく体。夜のような髪が流れてゆき、輝く紫の瞳がロイドを見ていた。

ロイドは確かにその手を掴みかけた。だが、過剰な魔力の名残に弾かれた。

なぜか、痛みと言えるほどのものでもないその感覚が手に強く残っていた。

かすかな震えが止まない手に無理矢理力をこめ、弾かれた感覚を握りつぶそうとする。

静かだった。自分の呼吸が騒がしいとさえ思えてくる。

この家の中が静寂に満ちていることに、ロイドはこの数日で気づいた。自分もウィステリアも饒舌なほうではない。だが、師の澄んで落ち着いた声が、時に少女のように裏返るあの声が聞こえなければ、これほどまでに静寂を強く感じるようだった。これまで静寂を好ましく思ったことはあっても、欠乏感や気が急くように感じたことはない。自分の感情が不可解だった。

だから、記憶の中のウィステリアの声ばかり思い出す。その目の色、その動きまでも。

〝私のような耐性がなく、一人で生き延びる力もなく、それにもかかわらず向こうの世界へ無事に帰さなければならない――そういった人間がいるのは、迷惑だ〟

その言葉が耳に蘇ったとき、ロイドはうめきを押し殺し、苛立ち交じりの息を吐き出した。あのとき、ウィステリアの言葉に強い反発を覚え、まともにとりあわなかった。迷惑をかけている部分があるのは事実だろう。だが突然、師が一刻も早く帰れと言い出したのは蛇蔓の前で自分が醜態をさらしたからだと思っていた。こちらを案じる感情もあったからだと思い込んでいた。

ロイドの唇に、自嘲が浮かんだ。

（確かに、一方的に申し込んだ師弟関係だな）

自分にとってあまりに都合がよく、師にとっては何の利益もない関係だった。しかしこの真摯で寛容な師が受け入れたことで、自分にとって望外の状況となった。

だから――見誤っていたのかもしれない。

考えていた以上に師に負担をかけていた。そして不要な危険にさらした。

苦いものが口内に広がり、ロイドは奥歯を噛んだ。

〝帰る手段があるなら、速やかにそうしろ。サルティスを得られずとも、君がこの地で見聞きしたものは十分に価値がある情報であり、魔法もまた必要以上に習得できたはずだ〟

――蛇蔓の排除が終わったら、という話だった。そのあとに《転移》を教わり、帰り方を選択するとも約束した。そのまま挑むのか、あるいは代用となるものを得るのか。どちらであっても、帰還という選択肢は変わらない。

ロイドは組んだ手にぎこちなく力をこめ、他人ごとのようにそれについて考えた。手にうまく力が入らず、小さく痙攣する。金の瞳はしばらく自分の手を眺め、やがて視線を持ち上げた。

眠り続ける師の姿を見る。倒れ、立ち上がる力も失い、住処に戻った今も意識を失ったままだった。

〝君が――君さえ来なければ！〟

その言葉がまた脳裏に谺する。あの夜の叫びは時が経つごとに反響して大きくなり、苛立ちを加速させる。無視することができないのは、それが事実だと自分でも理解しているからだ。

ロイドは顔を歪め、息を止めた。低く、うなるように吐き出す。

そうして、うまく力の入らない自分の手に目を落とした。

――自分がここに留まらなければ、ウィステリア・イレーネはこんなふうに傷つけられることはなかったのだろうか。

この数日で芽吹いた不快な考えが、急速に肥大化してロイドの中に根を張ろうとしていた。

過去や仮定を語ることに意味はない。だが、この先について考えることからは逃れられなかった。

(……私が一刻も早く目の前から消えることがあなたの望みか。そうすれば、あなたは傷つかずにすむのか。もっと安全でいられるのか)

無言で問うたあとで、自嘲にまた唇がつり上がった。考えるまでもない。既に本人の口から何度も答えを聞かされている。

ロイドは目を閉じる。

——ウィステリアを向こうの世界へ帰す方法をずっと考え、模索してきた。こんなところにいていい人間ではない。今もその考えは変わらない。

だが、その手段を探す中で、無意識に排除していた可能性があったことにロイドは気づいた。

(彼女をここから連れ出すのは、私でなくてもいい)

可能性の一つ、あるいはただ事実としてそれを思い浮かべたとき、ロイドの中に苦く重いものが広がった。瞼を持ち上げ、闇を見つめる。

——ウィステリア・イレーネをこの世界から連れ出す手段は、共に帰還することだけではない。元より二人で《門》を通ることは不可能であり、この世界で方法を模索するのにも限界があることは認めなければならなかった。何よりもこの地で唯一長く暮らしてきたウィステリア本人が、方法はないと言っている。

自分が使うはずだった《門》をウィステリアに通らせるという方法も考えなかったわけではない。

——そんな考えが自分にわきあがってきたことにロイドは後から驚きもした。

だがそれは何の解決にもならないと思い直した。

たとえ向こうの世界にウィステリアを一人で帰しても、何事もなく平穏な暮らしに戻れるとは思えない。特異な体質のみならず、二十年以上世界から隔絶され、また冤罪を着せられて家名を剥奪されている身であることを思えば、何らかの庇護が必要になるのは間違いない。

――そのとき、自分が側にいないなど考えられないことだった。

それにウィステリアを知れば知るほど、彼女は《門》を譲られて一人で帰るということを望まないようにも思われた。そしてロイド自身、ここで一人死ぬつもりはなかった。

そうであるなら、自分が向こうの世界で方法を探すことも視野に入れなければならない。

――そのためには自分一人で戻らなければならない。

ロイドは長く息を吐いた。そして、顔を上げて暗い壁を見た。うねり、歪な木の肌が剥き出しのまま視界に映る。枯れた《大竜樹》の中に造られた、一人の女と剣が長く暮らす場所。

意思を持ち、幾度となくロイドを挑発し、煽りもした剣は、寝台の足元にある台座に置かれて沈黙していた。眠っているのか、ただ黙しているだけなのかはわからない。

この三日間、声をかけても答えがないということが何度かあった。無視しているような気配ではなかった。

特異な剣に眠るという概念があるのかはわからないが、休息を必要とするらしいことは、師と過ごす様子から察していた。

――あるいはサルティスもまた、異例の抜剣を許したあとで消耗しているのだろうか。

ふいに、ほのかな円を描く明かりに照らされた横顔が、ロイドの目の裏に浮かんだ。いつかの夜。

木塊が削れるかすかな、規則正しい音の幻聴が聞こえる。

白い横顔。優美な稜線を描く鼻。繊細な輪郭。黒の睫毛は伏せられ、その下の紫の目が木塊を見つめていた。仄《ほの》白く浮かび上がる細い指が、慣れた様子で短剣を握り、木塊を削っている。

静謐《せいひつ》で繊細な横顔とは対照に、手慣れた動きで短剣を扱う様に令嬢らしさは見当たらない。

あの佇まいの意味が、ことさら強くロイドに迫った。ウィステリア・イレーネがこの地に来て過ごした年月のことを、ロイドは強く意識せざるをえなかった。

彼女は既に戦う力を身につけ、自分の知らない魔法をいくつも編み出し、途方もない実戦経験を積んでいる。並の宮廷魔術師など比べものにならない実力の《番人》。そんなことはとうに理解していたはずだった。にもかかわらず、真には理解していなかったように思えてくる。

〝お前にとっては、己の取るに足らん慈悲まがいや陳腐な自尊心が満たされるかもしれんが、その分だけイレーネは弱くなる〟

ロイドは反発と不快感を噛み殺し、緩慢に顎を引いて、伏せる師に目を戻した。

――師のために、自分ができることは。

(あなたの目が覚めて、魔法の力が戻ったら)

戦う力を取り戻し、誰を気にかける必要も助ける必要もなく、これまでのようにこの異界で暮らせるだけの力が戻ったなら。

(――そのときは)

声なくつぶやき、ロイドは師の横顔を眺めた。静寂に身を浸し、かすかにこぼれる寝息を聞きながら思考する。

元より、無理強いは自分の好むところではない。そのはずだ。

——ウィステリア・イレーネの望みが、自分がここから去ることであるならば。

そのことと、彼女を元の世界に帰す目的とが矛盾しないのであるならば。

ロイドは唇を強く閉ざして息を止め、こみあげるものをやり過ごす。鉛の塊のような考えを呑み込んで、自分の中に落ちていくのを待った。

やがて重い体を持ち上げ、立ち上がる。踵を返そうとしたとき、白い瞼が震えた。

ロイドは止まり、横たわる師を見つめた。

幕が上がっていくようにゆっくりと瞼が持ち上がり、紫の瞳が宙を見る。少しの間、鈍く何度か瞬いたあと、緩やかに顔を動かした。

紫の目は確かに焦点を結んだ。

「……ロイド？」

「——ああ」

とたん、ロイドは喉がつかえるような感覚を覚え、返事がわずかに遅れた。痛みではないもので、体に熱が点ったようだった。

薄闇の中、魔法を使っているはずもない紫の瞳が、こんなにも色鮮やかに見える。

ロイドは寝台の側の椅子に再び腰を下ろし、こちらに顔を向けるウィステリアと目を合わせた。

白い左手が、顔の横に置かれていた。

「どうした?」

ロイドが抑えた声で問いかけると、ウィステリアは目の下まで上気させた顔で淡く笑った。

今にも泣き出しそうな微笑だった。

「――すまない」

かすれたその声に、ロイドは頭が揺れるような衝撃を受けた。

――何を。

金の目を見開く。なぜこんな言葉を言われたのかがわからなかった。

艶やかな花の色を思わせる紫の瞳が潤み、こちらを見つめている。

「君が来なければなんて、言い過ぎた」

続いた言葉が、ロイドの胸を穿《うが》った。息が止まる。

澄んだ紫水晶の目が揺れ、その淡い光に囚われたように動けなくなる。

「君のことが迷惑だなんて、嘘だ」

かすかに震える声が、ロイドをまた穿った。消え入りそうなその声に、崩れそうなその響き以外に何も聞こえなくなる。

「……私は、」

ロイドはかろうじて言葉を絞り出し、それ以上を失った。打たれた胸が、激しい鼓動を刻みはじめる。この紫の目が開くまで何を考えていたのか、何をしようとしていたのかもう思い出せない。

ただ、ウィステリアの瞳が揺れている。潤んだ輝きが雫となり、目の縁にこみあげている。それだけが見える。

「……怖いんだ。君が、傷つくのが。君が……死んでしまうのが」

ロイドは息を詰めた。胸を押し潰されるような苦しさに声を奪われる。

締め付けられたような喉が言葉を閉ざそうとするのを、意思の力で振り絞った。

「――死なない」

かすれた声で、それだけ告げた。

自分の中で何かが砕け、煮立つような錯覚。

一方的な関係のはずだった。ウィステリアの甘さにつけ込み、自分の要求を押し通し、そのまま居座った。迷惑をかけるのははじめから承知の上で、その半面、自分が利用されることも欺かれることも許容するつもりでいた。彼女はこちらを利用できる立場にあり、その命に責任など持つ必要はない。彼女が負うべきものなど何もない。

――そのはずだった。

なのに、この紫の目をした女は。

「だから……私を、すぐに帰そうとしたのか」

――傷つけることをおそれ、失うことをおそれたがために。

敵にも等しい、望まざる訪問者であったはずの、一方的に弟子になっただけの男にさえ。

ウィステリアの唇に、脆い微笑があった。

「失いたくないの。もう、何も――」

だから。でも。

震える息をこぼしながら、熱に浮かされた声がさまよう。

ロイドは衝き動かされるままに手を伸ばし、白い手に重ねた。

さまようものを捕まえ、繋ぎ止めるように、重ねた手を握る。

「……イレーネ」

その言葉だけを絞り出すと、ウィステリアが淡く笑った。瞬けば消えそうな笑みは、だがロイドの呼吸を奪った。

――この女はいったいどれほど失ってきたのか。

コーラルと呼んだ獣。令嬢としての平穏な人生。家族、友人、人としての生。時間。世界。そのすべて。

目まぐるしく考えが乱れ、ロイドは痛みに似た息苦しさと、腹を焼く憎悪のようなものさえ覚えた。この女を、こんな世界へ追いやったのは。

この女が、そこまで想った相手は。

だが、ああ――それゆえに、自分は出会った。

この女の失いたくないものに、自分の存在があるのだとしたら。

吸い込まれるような紫の目の縁で、盛り上がった雫が小さく光る。

「本当は……君が、来てくれて――」

声が吐息に溶け、その先は消える。

瞼が落ちる。

下瞼に光っていたものが、流星のように尾をひいて頬を流れ落ちていった。

ロイドは息を忘れた。世界のすべてが、一瞬時を止めたかのようだった。見開いた目でただウィステリアを映した。白い頬を伝った光が、閉じられた睫毛の濡れた輝きが脳に焼き付く。

――胸を刺し貫かれたように、痛みさえ感じるほどに鼓動が強く、速くなる。

目が眩《くら》む。こめかみを殴られているかのように脈打ち、頭蓋の中で反響する。体が熱い。傷の痛みなどもうわからなかった。

その熱に、激しい鼓動の音に突き動かされてロイドは身を乗り出す。寝台に膝をつき、白い顔の横に両手をつく。

両手の間に閉じ込めたものを見下ろす。圧迫されて声を奪われたような喉から、ただその名だけを呼ぶ。

「イレーネ」

息ができない。体中の血が沸騰し、荒れ狂い、思考する力を押し流した。

手に、敷布を強く握る。敷布の上に、緩く波打つ黒髪が広がっている。

「――イレーネ」

眠る姿に吸い寄せられるように、ロイドは両腕をついたままウィステリアに向かって頭を垂れた。

なだれた銀の前髪が、黒髪に触れる。額が白い肌に触れかける。

閉じられた瞼を、その鼻の稜線を、呼吸のためにわずかに開かれた唇を金の瞳に映す。

――本当は……君が、来てくれて。

それが、この誠実な師の、美しい女の、異界にあってなお優しさを失わない女の本当の想いなのだとしたら。

「――っイレーネ……!!」

起きろという言葉が喉の奥までこみあげ、嵐のような鼓動の音ごと押し殺した。

――紫の瞳が見たかった。

今すぐあの瞳に自分を映してほしかった。

他には何も見えない。何も聞こえない。

耳の奥で、激しく脈打ち鳴っている音がある。

〝だから……一人で、帰れるな?〟

記憶の中のウィステリア・イレーネが脆く笑う。

（……どこにも）

ロイドは強く目を閉じ、声を噛み殺した。抱えた息が火のような熱を孕む。

――どこにも行けはしない。

低く、言葉にならぬうめき声がもれる。胸に激しい鼓動が谺する。その向こうに、なぜか剣が折れて砕ける音が重なった。

〝お前がお前自身の手綱を握るためにそうするんだ〟

砕け散る音の残響に、剣の師の声がまじる。

〝待っているわ、ロイド・アレン＝ルイニング――〟

アイリーンの声が、弾けて消える。

閉じた目の中、あの揺れる紫水晶が、小さく光を放って頬をこぼれ落ちていったものが鮮烈に立ち上がる。ロイドと呼ぶ声が、ただ一人の声が聞こえる。

目を閉じても耳を塞いでも消えることはない。遠くに瞬く星のように、あの紫の瞳だけが、彼女の声だけが世界に浮かび上がる。

嵐に似た鼓動が思考を揺るがす。燃えるような熱を体中に感じながら、焼け落ちるその奥で、静かに固まるものがあった。

ロイドはゆっくりと目を開ける。持ち上がる銀の睫毛の下、闇の中でも淡く光る黄金の目が、眠る女の姿を捉える。

閉じられた瞼の白さ、濡れた睫毛の黒曜石を思わせる輝き、薄く色づいた唇のこぼす吐息――すべてが鮮やかだった。

こんな感情を、こんな熱を知らなかった。こんなものが自分にあることを知らなかった。

ただ一つ、わかることは。

（もう戻れない）

――ウィステリア・イレーネのいない世界には。

目覚め

——そこは、感覚を失ったような暗さと静けさに支配されていた。

（コーラル）

ウィステリアは朦朧としながら、闇の中でその名を呼んだ。声になっているのかどうかさえわからない。だが呼んでも答えが返ってくるはずもないことはわかっていた。今となっては、罪の意識にも似たものを覚えるその名。

——自分がここで待てと言ったから、コーラルは死んだ。あんな惨い形で、ディグラに殺された。怒りに我を忘れて戦い、だがあと一歩のところでディグラを討ちきれなかった。

なのに。

何も見えず聞こえない暗闇の中、ウィステリアはコーラルの名を呼び続ける。

（すまない）

震えながら、自分以外の誰にも聞こえないよう——サルティスにも聞こえないよう、音にならない声でつぶやく。

あれからもっともらしい理由をつけ、討ちもらしたディグラとの交戦を避けた。逃げ続けていた。

——激しい怒りと憎悪が自分の中で小さくなっていることを認めるのはおそろしかった。

その理由が、恐怖にあるのだと認めることは。

激昂してディグラと戦い、重傷を負わせたものの、自分のほうにも追う力はなかった。サルティスに隠されるまま、立ち上がる力が戻るまで無力な子供のようにうずくまって息を潜めた。――そのときの全身が総毛立つような感覚は、時が経つにつれ巨大な影となってまとわりつくようになった。

影はウィステリアを呑み込み、ディグラに対する激しい感情を凍らせた。

恐怖が、コーラルを失った怒りや哀しみを凌駕するなどと認めたくはなかった。――コーラルへの思いがその程度のものだったと、自分の命のほうが惜しいのだと突きつけられるように感じた。

――すまない。

ウィステリアはただ闇の中で停滞し、謝罪の言葉を繰り返す。答えるものも見えるものもない。サルティスもいない。

だが突然、無の世界で気配を感じた。ウィステリアは弾かれたように周りを見回す。

（コーラル？）

そんなはずはない。しかし、何も見えない闇の中に確かに気配を感じた。

一瞬、赤い火花が散ったような気がした。素早い動きに、すぐに目で追ったときにはもう消えていた。――緋色の毛皮を持ったコーラルの残像、その欠片を思わせる幻覚。

再び火花が散る。一つ二つと、かすかな明かりが視界に灯った。

――今度はいくつもの小さな光となって舞い、金色から白銀へと揺らめく。

光は急速に大きくなっていく。

遠く、声が聞こえた。

（コーラルの……、違う）

やがて、大きくなる光とともにその声が鮮明になっていく。

ああ、とウィステリアは息をこぼした。

（この声は……）


――イレーネ。

そう呼ぶ声を聞いて、ウィステリアは鈍く瞼を持ち上げた。だがひどく重く、堪えかねてまた閉じることになる。暗く底のない眠りにまた落ちていきそうになるのに、自分を呼ぶ声の残響に引き止められた。

少ししてまた瞼を持ち上げる。何度か瞬いていると、意識が上ってくる。

「……イレーネ」

抑えた、しかし耳によく通る声がして、ウィステリアは吸い寄せられるように顔を向けた。

そこに、黄金の瞳と長い銀色の髪を持つ青年の姿があった。椅子に腰掛け、こちらを見つめている。椅子が小さく見えるほど、恵まれた体格の持ち主だった。

――わずかな間、ウィステリアは自分がどこにいるのか、何があったのかわからなくなった。

彼が自分の側にいる。

でも、ブライトはもういないはずだった。

『イレーネ！　いつまで惰眠《だみん》を貪っているのだ』

青年よりもずっと年を経た、だが少年のように溌剌《はつらつ》とした声が頭に響く。かすかな頭痛を感じると共に、聞き慣れたその声がウィステリアを今に引き戻した。

「……サルティス？　ロイド？」

「ああ」

『いい加減に起きろ！　寝ているばかりでは体が鈍るぞ‼』

頭に響き渡る聖剣の声に顔を歪めながら、ウィステリアは何度も瞬いて眠りを払った。それでようやく状況を思い出す。

――ディグラと戦った。ロイドを取り戻した。ロイドが自分を守るために戦い、負傷した身で自分を運んだ。あの距離を《浮遊》で戻って、それから。

記憶が一気に戻ってきて、慌てて体を起こした。だがたちまち強い眩暈《めまい》と頭痛が揺り返す。

「う……！」

「無理するな。すぐには動かないほうがいい」

『おい小僧！　貴様はそうやってイレーネの弱体化を図っているのではなかろうな⁉　姑息なことをするではないか‼　見損なったぞ‼』

「あれの言うことは無視していい」

『あれ⁉　あれだと⁉　貴様、よもや我のことを示しているのではあるまいな⁉』

ウィステリアは小さく咳をしながら、その会話を聞いていた。目を向けると、足元には自分で作った剣の台座があり、黄金の柄と漆黒の鞘を持つ剣が立てかけられている。見慣れた光景だった。

すぐ横に目を向ければ、いつも自分が身支度をするときに使っている椅子にロイドが座っていた。

（……！）

そのことの意味を急に理解し、ウィステリアの頬に熱がのぼった。――なぜ、自分の寝室にロイドが。否、確かに入室の許可を求められ、許したところまではおぼろげに覚えている。

ロイドは目を細くしてウィステリアを見た。

「顔が赤い。まだ熱があるのか」

「い、いや。ええと、その、熱ではなく……」

ウィステリアはうろたえ、かけられていた布を握った。頬の熱がじわじわと増していく。

「き、君……ずっとここにいたのか？」

金の瞳がわずかに大きくなる。意表を突かれたような顔だった。

長い銀の睫毛が数度瞬く。そして、形の良い唇がつり上がった。

「だとしたら？」

「えっ……、えっ⁉」

『おい小僧、くだらん嘘をつくな‼　イレーネを見ていた時間は我のほうが長いだろうが‼』

ウィステリアは動揺し、だがサルティスの言葉に寸前で平常心を保った。

（そ、そうだ、サルトがずっといたみたいだし……！）

手に握った夜具にすがりながら、妙に動じてしまう自分をなだめる。

——ロイドが見ている。

金の瞳に、どこか猫系の獣を思わせる好奇の光が宿っている。

だがふっとそれが消え、真摯な表情になった。

「体の調子は？　どこか具合が悪いところはないか」

「だ……、大丈夫だ」

ウィステリアも落ち着きを取り戻し、うなずく。

そうか、と短く答えたロイドの声が、なぜか胸に染みた。声には、確かに安堵の響きが滲んでいた。

そうしてようやく、ウィステリアは弟子の姿をまともに捉えた。精悍《せいかん》な頬に横に引かれた線のような傷痕が見え、肩が強ばる。

「君は？　傷が……」

声にして問うたとき、生々しく蘇る記憶にどくんと心臓が跳ねた。

——黒い剣《サルティス》。ロイドを貫いた禍々しい光。

それに傷つけられながらもロイドは戦い、自分を抱えて長い距離を飛んだ。

「何ともない」

ロイドは淡白に答え、大したことではないと言うように肩をすくめた。

ウィステリアは瞬き、思わず青年の体を見た。薄い灰色の上衣に着替えてあり、いつものロイドより襟を閉じてある。しかしその襟では隠しきれないほど、線のような傷痕が見えた。

——ロイドは、自分で手当てしたのだろう。

その傷を負った意味や、負傷した身で自ら怪我の処置まで行ったのだと思い至り、ウィステリアは目元を歪めた。

顔を伏せる。胸を強く押されるように感じて息が詰まった。

「……脱ごうか？」

唐突な言葉に、ウィステリアははっと顔を上げた。ロイドと目が合う。言葉の意味を理解するのが遅れていると、涼しげな顔の青年はわずかに頭を傾げ、首に手を当てた。

「いつもよりは見える部分が少ないからご期待にはそえないかもしれないが。ご所望なら包帯も解くぞ」

「!?　き、期待ってなんだ!!　包帯をそんなことで解くな！　ただ、君の体は大丈夫なのかと思って……!!」

にわかに言い淀むウィステリアに、ロイドは軽く肩をすくめた。

だがウィステリアははっと目を瞬く。

青年の唇に、ごくかすかな、ほの明るい微笑が浮かんでいるように見えたからだった。

胸の奥で、震える

ウィステリアは寝室から出ると、いつもより時間をかけて湯浴みをした。

体が弱っているのは自分でもわかるほどで、全身が怠く、動きが鈍い。長い髪を苦戦して洗い、水分を絞る。

(この……醜態を……見られていたんだな……)

ぼんやりとそう思い立ったとき、絞る手が小さく震えた。寝乱れ、汗もかいて身なりもなにもない姿を青年に見られていたということで、頭を抱えてうめきたくなった。

ロイドとサルティスによれば、寝室に運ばれたあと、ほぼ三日間眠り続けていたらしい。発熱もしていたと聞いた。皮肉というべきか、瘴気を浴びて倒れたときのロイドと同じような状態になっていたようだった。

――その間、今度はロイドがずっと面倒を見てくれていたらしい。

伏せっていた間のことは、おぼろげでわずかにしか覚えていない。

ただ、意識が落ちる直前に、言わなければという思いだけがあった。ロイドは自分のためにサルティスを抜き、負傷しながらあの場所から連れ帰ってくれた。

迷惑だと突き放したにもかかわらず、ためらわなかった。

――君さえ来なければ、などという言葉を吐き捨てることもしたのに。

澱むようなため息がウィステリアの口からこぼれ、視線は足元に落ちた。後悔で体がますます重くなりそうだった。

夢現《ゆめうつつ》で、ロイドに話しかけたような気がする。謝っただろうか。それとも夢に過ぎなかっただろうか。

うつむいていたウィステリアは、そこではたと気づいた。よく覚えていない不確かな記憶があるというのも、ロイドが伏せっていたときと同じだ。

（も……、もしかして）

――自分が覚えていない間に、ロイドに何かしてしまったのではないか。

かつて、ロイドがそうしたように。

体を入れ替えられ、組み敷かれ、金の瞳に見下ろされたときの記憶がまざまざと蘇る。

それから、何度も何度も――。

（……!!）

呼吸の音や薄い衣越しの感触が急に生々しく呼び覚まされ、ウィステリアは耳や首まで赤くなった。

――違う、あれは事故だ、瘴気のせいだ。自分に言い聞かせ、大きく頭を振る。

（い、いや、あんなことはしていない……していない、はずだ……!!）

ロイドを押し倒すだけの力も体力もない。まず組み伏せることすらできないはずだ。――でも、まさか。

ぐるぐる考えては息切れしはじめ、小さくうめく。

一人懊悩《おうのう》し、ぶんぶんと頭を振って追い払う。絞った髪に手をかざした。いつものように乾かそうとしたところで、手から何も出ないことに気がついた。

ウィステリアの頭から一気に熱が引いた。息を呑み、手に意識を集中させる。無意識にでも出来ていたはずの、小さな風を起こす魔法。道具を使うような感覚ですらあったそれが、発動しない。

人差し指をたて、指先に火を起こそうとする。だがそれもかなわなかった。

ウィステリアは自分の手を見つめ、唇を引き結んだ。

湯を浴びて温もったはずの体がいつのまにか冷たくなっていく。

(魔法が……)

白い手が震える。ウィステリアは強く目を閉じ、震えごと手を握った。

(……回復に時間がかかっているだけだ。それだけだ)

胸の内で繰り返し、どくどくと騒ぎはじめる鼓動を無視する。《黒雷》を撃って、そのあとも無理をしたからだ。回復に時間がかかるのも当然――そう必死に言い聞かせる。それ以上は考えたくはないのに、思考は勝手に走った。

――魔法が使えない。《関門》を四箇所開いた。その意味。

(……それでも)

ウィステリアはゆっくりと目を開ける。乱れる心音の奥で、自分の中に確かにその声を聞いた。

右手首を、左手で握る。そこに、魔力の流れを感じられなくとも。

(――失わずに、済んだ)

ディグラからロイドを取り返すことはできた。今度は奪われなかった。

そのことには、何の後悔もなかった。

たとえ時を巻き戻れたとしても、同じことをするだろう。

奇妙なほどの、誇りとも言えるような気持ちの向こうで、かつて守れなかった獣の姿がよぎった。

淡く立ち上った後悔と悲しみは一瞬だけ胸に響き、やがて緩やかに解けていった。

ウィステリアは長く、大きく息を吐いて、胸の中で解けたものごと吐き出す。

（ただ……）

——蛇蔓の除去を終えたら、ロイドは選択すると言った。サルティスのために自分と戦って帰るのか、他のものを得て帰るのか。いずれも帰還することには変わらない。自分がそうするように迫った。

だが、今の自分では挑まれてもまともに相手になれない。それに、《転移》を教えることもできない。

（魔力が回復して、魔法が使えるようになるまでは、）

——ロイドの帰還は保留にできる。

体に安堵の熱が広がる。

しかし遅れてそれに気づいたとき、ウィステリアは強く唇を閉ざした。

（何を考えているんだ、馬鹿者）

サルティスにもロイドにも言えないような、弱く、卑怯な自分。

自分を強く戒め、ウィステリアは髪を絞る手に力をこめた。

乾かしきることはできずに時間をかけて何度も拭い、水気を含んだままの髪をまとめた。下半分を布で包み、左肩から前へ流す。

着替えまで済ませ、浴室を出た。

居間には、調理台の前に立つ広い背があった。その向こうに芳香を帯びた湯気が上っている。

——いつかの朝にも見た風景にふいに胸を打たれ、ウィステリアはしばし立ち尽くした。

軽く頭を振って感傷を払い、テーブルに近づく。サルティスはまだ寝室の台座に立てたままだった。

ロイドが振り向き、ウィステリアを認めると一度大きく瞬いた。

金の目が、布に包んだ髪に向く。ウィステリアはやや早口に弁明した。

「少し見苦しいが、その、病み上がりということで寛大に見てくれ」

いつもは魔法で髪を乾かし、こんな状態を見せることはない。今は大事をとって、こうなっているのだ——そう聞こえるように言う。

ロイドは瞬きもせずにそれを聞き、目線の動きでウィステリアの席を示した。

「座ってくれ」

ウィステリアはああ、と短く答え、言葉の通りにした。

ロイドが近づいてくる。紫の目を瞬かせているうち、背後に立たれ、腰を浮かしかける。だが大きな手に肩をそっと押さえられ、そのまま座らされた。

「な、何だ？」

ウィステリアは腰を下ろしたまま、背後を振り向く。

ロイドの手が、包んだ髪を取った。布が落とされる。

予想外の行動にウィステリアが目を丸くすると、ふいに淡い風が頬に触れた。

ロイドの手は献上品を捧げ持つかのように黒髪を支え、風を吹きこんでいく。

無言かつ平然とした顔での行動に、ウィステリアは完全に虚を衝かれた。自分が何をされているのか、一瞬わからなくなる。

――しかしこの察しの良い弟子は、師の状況を見て世話をしようとしてくれているらしいとようやく理解した。

伏せっていた間にも、そうしてくれたように。

頭ではそう受け止めながらも、ウィステリアは落ちつかない気分になった。

ロイドはただ世話を焼いてくれているだけだ。――だから、よほど近しい異性でなければ触らせることのない髪にこんなふうに触られても、特別な意味はない。そうわかっているのに、昔の感覚がまだ残っているのか妙に緊張する。

しかしここはまともな社会がある世界ではない。自分とロイドもそういったことを意識する関係ではないはずだった。

ウィステリアは小さく息を吐いた。

「……ありがとう」

そう伝えると、ロイドは気にするな、と平淡な声で答えた。骨張った手は少しずつ髪を滑り、風を当てていく。

髪の根元に手が来ると、ふわりとした風がウィステリアの頬を撫でた。視線の置き所に迷い、ロイドに背を向けたまま、膝上に置いた自分の手を見ていた。

「――濡れているときは真っ直ぐなんだな」

ふいに背後からそんな声がして、ウィステリアは目を上げた。髪のことを言われているらしいと気づき、振り向かないままに口を開く。

「そ、そう……だな。乾くと、癖が出るらしい。困りものだ」

「困る？　なぜ？」

「いや、その……髪型や飾り方が限定されてくるし、櫛《くし》が通りにくいからな。もう遥か昔のことだが、癖のない、真っ直ぐな髪に……憧れていた」

何気なく答えたとき、長く遠ざけていた光景が浮かび上がった。

本人の明るい気質を表したかのような、華やかで真っ直ぐな赤毛。そのまま流しても様になり、どんな髪型にも変えることができた、妹《ロザリー》の髪。

〝君のその赤毛は優しい色で――とても綺麗だ〟

ウィステリアは握った左手を右手で包んだ。――あの髪が羨ましかったことを、なぜかこんなにも思い出す。

「よくわからないな」

背から聞こえた答えに、ウィステリアは目を瞬かせた。そして苦笑いがこぼれた。確かに、この見目にも恵まれた青年には一層わからないことだろう。

苦笑いの後でウィステリアは目を伏せた。

――これほど時間が経ってもまだかすかな苦さが呼び起こされることに、自分自身が驚く。

話題を変えようと息を吸ったとき、首筋に柔らかな風が当たった。

「あなたはこれでいい」

風に乗って聞こえた声に、ウィステリアは息を止めた。

肌に触れる風は、肩に、腕に流れていく。

「何にも劣ってなどいない」

気負うでもない言葉に、ウィステリアは紫の目を見開く。無意識に薄く開いた唇が止まり、握っていた手が小さく震えた。

風を帯びたロイドの手が、撫でるように髪を下りていく。湿気が払われた髪は、大きな手の中で揺れ、緩やかなうねりを取り戻していく。

鼓動が弾むように速く鳴り響く。ウィステリアは握った手を見つめた。頬や首までもが熱を帯びたようで振り向けなかった。目を閉じる。

忙しなく鳴る胸の奥で、もういないはずのウィステリア・イレーネ＝ラファティが震えていた。


あまり手先が器用ではないはずの青年は、少しもどかしく感じられるほど丁寧に、優しく髪を撫で続けた。その手つきと根気はウィステリアを驚かせ、この青年の新たな一面をまた目にしたような気がした。むずがゆいような、居たたまれないような思いさえ抱く。

乾かし終えたあとで礼を述べると、ロイドが自分の席につく。ウィステリアは緩く波打つ髪を後ろで束ね、二人向かい合って食卓についた。用意された食事も、ロイドが作ってくれたものだった。

ウィステリアの器に満ちているのは小麦色のスープで、不揃いな食材の欠片が浮かんでいる。

自分も同じようなものを作って病み上がりのロイドに供したことを思い出し、口元が綻んだ。

ロイドのものは切り方が大きく不揃いで、それもまた少しほほえましかった。

ふいに、カン、と音がしてウィステリアは顔を上げた。

見れば、ロイドの手が軽く開かれ、その下に匙《さじ》が落ちている。端整な顔が、少し苛立たしげな表情を浮かべていた。

「大丈夫か？　どうした？」

「……何でもない。少し、握りにくいだけだ」

ロイドは浅くため息をつき、開いた両手をテーブルの上に置いて椅子に背をもたれさせた。

見慣れない仕草にウィステリアは目を見張り、その意味に思い当たって息を詰めた。ロイドの長袖からわずかに覗く包帯。――黒い剣を握った青年の姿が脳裏をよぎる。

別の何かのような声で嗤ったサルティスの言葉までも。

〝二度と剣を握れぬ体になる覚悟はあるか？〟

とたん、ウィステリアは内臓が引き絞られ、痙攣するような感覚に襲われた。冷たいものが背を下っていく。唇を強く閉ざして耐える。

――怪我を負い、傷ついたのはロイドのほうだ。

なのに、ロイドは自分で手当てを行い、更に意識を失った師の世話まで続け、今はこうして食事の面倒まで見ている。匙を握るのも難しいような状態であるのに、食事まで作ってくれたのだ。

ウィステリアは目を伏せ、手を強く握った。

こんなことにも気づけず、世話を焼かれるばかりの自分をひどく恥じた。

だが今はそれ以上考えることを止め、立ち上がった。自分の椅子を引いてロイドの側に持っていき、青年に体を向けて座る。

うかがうように目を向けてくるロイドの前に手を伸ばし、スープの注がれた器と、テーブルの上に転がった匙とを取った。

器に匙をくぐらせ、それを青年の口の前に持っていく。

ロイドの目が大きく見開かれる。その顔に向かい、ウィスティリアは言った。

「ものが握りにくいんだろう？　少しは私にも世話を焼かせてくれ」

銀の睫毛が数回上下する。銀の眉と金の双眸が、名状しがたい感情を表した。

だがウィスティリアが退かないとわかると、開かれていた瞳がすっと元の大きさになり、顔を少し屈めて匙を口に含んだ。

ウィスティリアはそっと匙を引き抜き、再び器にくぐらせ、また形の良い唇のもとに持っていく。

互いに言葉を交わすでもなく、しばらく往復して器の中を空にした。

「……」

「これ？」

「……ああ。別に、なんでも」

ロイドの表情をうかがいながら、ウィスティリアは次の器を手に取った。今度はフォークのほうに持ち替え、器の中でやや不格好に千切られた葉を突き、青年の口元に運んでいく。

ロイドは無言のまま口を開け、運ばれたものを淡々と咀嚼する。

ウィステリアが再び器の中にフォークを刺すと、ぽつりと声がした。

「なあ師匠。あなたは、こういうことを他の誰かにもしたことがあるのか？」

「ん……？　ああ、小さい頃、ロザリーに……何度かこうして食べさせたことがある」

「他には？」

意図のわからない問いにウィステリアは目を瞬かせたが、ただ聞かれたことを答えた。

「ロザリー以外にしたことはないが……」

「……そうか」

わかった、とロイドはそれだけを言った。その声に吐息がまじり、安堵とも納得ともとれるような響きが滲んだ。

いったい何を確かめようとしていたのかわからず、ウィステリアはわずかに首を傾げる。フォークを持ち上げ、またロイドの口元に持っていった。

ロイドがそれをくわえ、ウィステリアはゆっくりと引き抜く。――ふいに、銀の睫毛が持ち上がった。金の目がウィステリアを捉える。

とたん、月を思わせる両眼に見事な鼻筋や唇の形までもが鮮烈に見え、ウィステリアは硬直した。

（う……!?）

あまりに近い距離だと唐突に気づく。フォークを持った手がぴくりと震え、固まる。

咀嚼するロイドのすぐ側で、ウィステリアはいきなり視線の置き場を失った。

――自分の行動について、急に羞恥心《しゅうち》がわいてくる。

これはそんなやましい意図などない。断じてない。なのに。

(た、ただ、食べづらそうだと思ったから、手伝おうとしただけであって……！)

誰にともなく言い訳する。

目線がさまようううち、テーブルの上に置かれたロイドの両手が握られては開き、と物言いたげな動きを繰り返していることに気がついた。

ウィステリアはますます恥ずかしくなり、かすかに肩を震わせた。――ロイドは手を動かせるくらいには少し回復したらしい。

目を合わせられないまま、ウィステリアはぼそぼそと言った。

「その……悪かった。嫌なら嫌と言ってくれ」

「別に嫌じゃない」

う、とウィステリアは喉の奥で小さくうめいた。――この不遜な弟子は、妙に優しい気遣いを見せるときがある。ちょうど今このときのように。

勝手な罪滅ぼしのために師が世話を焼こうとしても、黙ってさせてくれたのだ。

ウィステリアは持っていたフォークの柄を、ロイドの手に差し入れた。

「……じゃあ、後は自分で――」

そう言って手を引くと、ロイドの手が渡されたものを握った。

そして無造作に放った。コン、と妙に軽快な音をたて、フォークが床に落ちた。

「ああ、手が滑った」

「⁉」

――投げた。明らかに投げた。見事な放物線を描いて投げた。

ウィステリアはあ然と青年を見た。

「握り方の加減がわからないな。これでは自分で食べることは難しい」

「⁉」

「だがまだ空腹なんだよな」

「!!?」

衝撃で固まるウィステリアに、いかにも物言いたげな金の目が見つめてくる。

（え、えええええ……⁉）

青年の目が要求することは明らかだったが、ウィステリアにはその意図がわからなかった。だが、この高い矜持を持つ青年が、できないとか難しいなどと言うことはめったにない。ということは本当に必要なことなのだろう。――おそらく。

半ば混乱したまま、ウィステリアはうなずいた。

「わ、わかった」

いったん立ち上がり、新しいフォークを取ってロイドの隣に戻った。

ロイドは平然として、ウィステリアがまた口に運ぶのを待っている。

今度はなるべくその顔を見ないようにしながら、ウィステリアはひたすら給餌とも給仕ともわからぬ行動を続けた。――目を合わせないようにしているのに、向こうからの強い視線を感じる。

（わ、わけがわからない……）

今日この日に、ロイドという青年の新たな一面をまた見つけたような気がした。

黄金の約束

ロイドはいつも通りの、あるいはそれより多いくらいの量を食べた。食べさせていたウィステリアも見ているだけで満腹感を覚えるほどで、自分の一皿分のスープを飲み干して食事を終えた。

片付けはウィステリアが行った。いい、と渋るロイドに、それくらいはと諭して引き下がらせる。

それを終えて一息つこうと振り向いたとき、ロイドが居間の収納棚の前に立っているのが見えた。

骨張った手が引き出した箱を見たとき、ウィステリアははっとした。ロイドの手に抱えられているのは、負傷した際に使うもの一式だった。それを使うようにと言ったことは覚えている。

「手伝おう。上の棚に塗り薬があるんだが、使ったか？」

「いや」

ウィステリアが上の棚の箱を示すと、ロイドは手を伸ばしてもう一つの箱を引き出した。

ロイドが必要な道具の入った箱をテーブルの上に置くと、今度はウィステリアがロイドに座るよう促した。それから、ウィステリアはロイドの背後に立った。箱を開けて中の道具を取り出す間に、ロイドが上衣を脱ぐ。

その背中が露わになったとき、ウィステリアは息を呑んだ。

一瞬、大きな翼が広がったかのように見えた。束ねた銀の髪は肩から前へと流され、一切無駄のない彫刻のような背中が目の前にあった。太い首から広い肩にかけては谷から山へと盛り上がるようで、背の中央には深い線が刻まれ、そこから左右対称になって筋肉が層をなすように浮かんでいる。腰は急傾斜を描きながら引き絞られ、彫刻のような造形をなしていた。

なのに、その見事な肉体にいくつもの裂傷がはしり、乱雑に損なっている。出血こそ止まっていたが、傷が塞がりかけているがゆえに生々しくもあった。

肩の下から手首までは包帯が巻かれていたが、胴体のほうはそうではなかった。

ウィステリアは揺れる息を吸っていったん止め、感情を抑えた。塗り薬を取り出す。何層にも編んで作った小箱に、粘性の高い液体の薬を詰めてある。

「――塗るぞ。染みるかもしれない」

そう予告すると、ああ、と短い答えが返った。

ウィステリアは小箱の中身を指ですくい、そっと傷に触れた。冷たい液体越しに指先に触れる肌がかすかに動く。

「……痛むか？」

「いや」

ロイドは一言答えただけで、それ以上動かなかった。ウィステリアは慎重に、染みないようにと祈りながら塗り広げていった。小箱の中身をすくっては、一つ一つ傷を覆い、そっと塗り込んでいく。

傷を一つたどるたび、体の底から突き上げてくるものを息を止めて耐えた。血の気が引き、指先が冷たくなるあの感覚が奥底で揺れる。恐れ。焦り。息苦しさ。

(早く、帰さないとだめだ)

もっと早くにそうするべきだった。こんなふうにロイドが傷つく前に、たとえ力ずくで追い返すことになっても、そうすべきだったのだ。

――黒い光に貫かれ、蝕まれていた姿がよぎる。

代償、とサルティスは言った。無慈悲に嗤う声に、禍々しささえ感じた。黒い剣身を見せた剣は、ウィステリアの知らない別の何かだった。

ウィステリアは一度強く目を閉じた。

何度も瞬き、目の奥にこみあげたものを追い払う。

一時的とは言え、ロイドは確かにサルティスを抜いた。そしてサルティスは見たこともない力でロイドを傷つけた。すべて、悪い夢のようだった。

(……ロイドが向こうへ帰るのに、サルティスが必要であるのなら)

自分には、一時的にでもサルティスは抜剣を許さないだろう。だがロイドは違った。

しかし、たとえロイドには抜かせても、あんな形でロイドを傷つけるなら――。

考えがまとまらない。何が最善なのかわからなくなる。

塗り薬の染みた指先は冷え、指に感じる傷口のかすかな隆起は生々しい現実としてウィステリアに迫った。奥歯を噛む。

ただ一つわかるのは、ロイドをこれ以上《未明の地》に留まらせてはいけないということだった。

未練がましく反発しようとする感情を、胸の中で強く押し潰す。それを繰り返して、ウィステリアは差し出された背中を、わずかにうつむく銀色の頭を見た。

そして抑えた声でつぶやいた。

「……早く、治したいな」

「治るさ。致命傷はないし、深い傷もない」

うん、とウィステリアは静かに応じた。

「でも、ここでは治るものも治らない」

呼吸でかすかに上下していた背が止まった。ロイドが体ごと振り向く。

ウィステリアは肩を揺らした。左手首を取られ、金色の瞳に見上げられる。手首に触れる手はひどく熱かった。剥き出しの、傷だらけの上半身があり、目を逸らしたくなる。

――なのに、月のような双眸に囚われて動けなかった。

あまりにもまっすぐに見上げる目から、自分だけを見ているような目から、どうやって逃れればいいかわからない。

だめだ。

そう言おうとしたのに、ウィステリアは唇を開きかけて止まる。

――手首をつかむ熱が、黄金の目が、何も聞きたくはないと訴えてくるようだった。

互いの目に映るものだけが世界のすべてであるかのような錯覚。

自分と相手の呼吸だけが聞こえる静けさが水のように場に満ちて、ゆっくりと沈んでいく。

手首に触れる指に、静かな力がこもった気がした。

そうして、ロイドの声が静寂を破った。

「……療養するときに、使う場所がある」

紫の瞳を見つめたまま、ロイドは言う。

「古い館だが、手は入れてある。人家が周りになくて静かな場所だ。湖が近くにあり、空が晴れると、水面が鏡のような効果をもって周りの景色を反転して映す。水辺にはよく花が咲いてる。種類は……わからないが」

ウィステリアは目を瞬かせてロイドの言葉を聞いた。語られた光景を頭の中に描きながら、にわかに戸惑う。

あまり口数の多くない青年が、突然語り出した言葉の意図がわからなかった。

だが戯れでもなければ皮肉でもない。その声と言葉の響きから、語られた場所がロイドにとって好ましいものなのだということは理解できる。

「湖の向こうには山が見える。二階の窓から周辺を見渡せて、悪くない眺めだ。誰にも、何にも煩わされずにすむ」

ロイドの声を追いながら、ウィステリアは更に想像する。――湖に臨む、古い大きな館の二階、弓なり状の窓の側に立つ銀髪の青年の姿を。金の瞳が窓の向こう、澄んだ湖面とその先の山を見つめるのを。

「――来るか？」

その言葉が、ウィステリアを現実に引き戻した。こちらを見上げるロイドに焦点を結ぶ。

頭に描いていた光景は幻のようにかき消え、金の瞳だけが見える。

――行けるわけがない。なぜこんなことを言うのか。

ウィステリアは揺れる息を吸い、それは、と言いかける。だがとたん、手首をつかむ手に柔らかな力がくわえられた。

「仮定の話はしてない」

ウィステリアは小さく肩を揺らした。黄金の双眸はためらいなく直視してくる。胸をよぎったものを見透かされたような気がして、目を伏せた。

――もし《門》を開くことができたら。もし向こうに帰ることができたら。

それは意味の無い仮定で、遠ざけて忌避するようになったものだった。かつてそう話し、ロイドも理解したはずだった。

それでも今、金色の両眼は覆うものもごまかすものもなく、ただウィステリア一人を映している。

触れた手は熱く、剥き出しの体から伝わってくる熱は徐々に増していくようにさえ思えた。

――無意味な仮定だと、無力な慰めだとはねつけることはできなかった。

不可能なことを軽々しく口にするような青年ではない。

ロイドが仮定の話ではないと言うなら――それは、きっと彼の意思で、成し遂げられると感じている未来のことなのだろう。

だから、ウィステリアは淡い微笑を浮かべた。

「……君の、療養地なんだろ。親しい身内でもない私が行っていいのか？　一応は、伯母ではあるが」

軽い抑揚と質問で、躱《かわ》そうとする。ロイドが療養に使う場所ということは、おそらく、その親族のための場所でもあるはずだ。彼の両親である、ブライトやロザリーのための。

――仮定の話であっても、そんな場所に自分が行けるはずがない。

だが遠ざかろうとする思いごとを貫くように、ロイドは怯まずに答えた。

「他の誰も来たことはない。誰も招いたことはない」

ウィステリアは目を見開いた。息が止まる。形を結びかけていた辞退の言葉が、泡のように弾けて消える。

月のような瞳が見ている。

「――あなただけだ」

静謐な、よく通る声がそう告げた。ウィステリアは一瞬体を震わせ、そのまま立ち尽くした。掴まれた手を解くことも離れることもできないまま、ロイドの声が胸の中に反響する。鼓動がひどく乱れていく。

紫の瞳は揺れ、ただ何かを言葉にしようとしては吐息に溶かし、かすかな呼吸を繰り返す。

――なぜ。

ロイドは何を言いたいのか。どんな意味があるのか。また、ロイドのことがわからなくなる。

手を解けないまま、ウィステリアは目を伏せた。

（……王女は？）

誰も来たことはなく、招いたことはないという。それならば、この青年にとって将来の伴侶である王女はどうなのか。なぜその人を招かないのか。

なぜそんな場所に、自分だけは招くのか。

（……どうして？）

――まるで、自分がロイドにとって特別な何かであるように錯覚しそうになる。

ウィステリアは瞼を閉じる。かつて抱いた愚かな思い込みを、滑稽なほどの勘違いを思い出す。

かつて同じ顔をした人の優しさと親愛を、特別なものと誤解した過去。

（療養が……必要だから）

ロイドも自分も、激しい戦いの後で消耗しきっている。療養を必要としている。他の人間は、こんな負傷も消耗もしない。だからきっと、こんなふうにロイドは話した。それに――。

（私は、彼の――師だから）

義理の伯母であり、魔法の師。自分のような師は得難いとロイドは言った。確かに珍しいだろう。瘴気に耐性を持ち、こんな異界で生き続けて、不老などという性質を持った。それを利用して魔法も習得した。

こんな師匠は、他にいない。だから。

「イレーネ」

呼び声に、ウィステリアは目を開けた。束の間、呼吸が遅れる。

名前を呼ばれただけなのに、胸を押されたようだった。

(呼ばないで)

そんな、理不尽なことを口にしそうになる。

頭の中でかき集めた理由が、ばらばらに解けていきそうになる。

――イレーネ、とまたロイドが呼ぶ。

その声は答えを求め、ウィステリアが顔を上げることを待っているようだった。

ためらいが、波のように寄せては返す。やがてウィステリアは緩慢に顔を上げた。

ずっとこちらを見ていた月の光の目とすぐに合う。

「来るか」

傷だらけの体をさらしたまま、ロイドは言った。

その言葉に、ウィステリアの中でまた無数の泡のように浮かび上がるものがあった。いくつもの反論。諦め。失望。自分の心を保つための覆い。ロイドはそれを貫いてくる。

――それでももし、向こうの世界へ帰れるとしたら。この青年と共に戻れるとしたら。

それは仮定にしては温度を持ちすぎて、抱えているのは怖かった。かなうはずのない夢だとわかっている。

だが、夢だとわかっているからこそ。

わきあがる冷えた声を無視して、ウィステリアは微笑んだ。諦念の向こう、ただ一つ心の底に残っていた答えを口にする。

「ああ。行ってみたいと、思うよ」

言葉が転がり落ちたとき、ふいに自分の脆い場所をさらしたような気がした。

思わず体を離そうとして、手首をつかむ手に止められた。

「連れて行く。――必ず」

黄金の瞳が見上げている。逃げようとしていた体を捕らわれ、ウィステリアは動けなくなった。

反射的にこみあげた否定の言葉は、けれどあまりに小さかった。

代わりに、まったく別の言葉が声になった。

「……うん」

ただ、それだけだった。

互いの声を、その言葉の残響を惜しむように、二人ともが他に何も言わなかった。手首に触れる手は熱く、ウィステリアはずっと熱を注ぎ込まれているかのように感じていた。

奇妙な、そして侵しがたい静寂にウィステリアが少しの緊張を覚えていると、ロイドが口を開いた。

「――一つ、考えていたことがある。《門》を開く力についてだ」

ウィステリアは肩を揺らした。否応なしに心臓が跳ね、目を伏せる。

――その話はしたくない。聞きたくない。

反射的に、つかまれた手を引く。だが熱い手は柔らかに力をくわえて引き止め、無言のうちに、逃げることを許さなかった。

「向こうの世界で《門》を開き、《未明の地》に渡ってくることと、魔物が向こうの世界へ《転移》することは、原理としては同じ。そうだな？」

「……ああ」

重い舌を動かし、ウィステリアは最低限だけの答えを返す。体が強ばり、身構えてしまうのが自分でもわかる。――ロイドは何を言おうとしているのだろう。

自分の反応の意味を察しているはずなのに、ロイドは一歩も引かなかった。

「魔物が向こうの世界へ《転移》するとき、《転移》を発動させた本体の分だけ《門》が開くらしい。本体以外の、ごく小さな生き物であっても同時に《門》を通ることはできなかった」

伏せたまま、ウィステリアは紫の目を見張った。ロイドの言葉は、まるで実際に自分で目にしてきたかのようだ。

ウィステリアは緩慢に目を上げ、ロイドと目を合わせた。

「だが小さな生き物のほうは死んだわけでも、どこかへ消えたわけでもない。ただ、《門》を通過することができずに弾かれた」

「……確かめたのか？」

「ああ」

答えるロイドの声に、全く躊躇《ためら》いがない。

それゆえに、ウィステリアは戸惑いを覚えた。――ロイドはいつの間にそういったことを調べていたのだろう。しかし、すぐに思い至る。

（……別れて行動していた間に？）

ロイドを突き放した夜以後、行動が別々になることが増えた。互いに気まずさを覚え、ロイドも自分を避けているのだと感じていた。蛇蔓の除去のために必要になったこともあり、個別行動の時間は更に増えていた。

――だがその間に、ロイドが《転移》や《門》についても調べていたのだとしたら。

ウィステリアの鼓動は大きく跳ねた。それは何のためで、誰のためなのか。体の熱が上がる。唇が震え、何かを言おうとする。なのにこの青年に向かって何を言えばいいのかわからない。

金の瞳は、臆することも慰めを与えようとするでもなく強い輝きでウィステリアを見ていた。

――期待などしてはいけない。ロイドの、その思いだけで十分だとしなければならない。

そう自分を戒めるのに、指先に力が入り、目の前の青年に向かって手を伸ばしそうになる。

「弾かれたのは、《門》が小さく、余裕がなかったためだ。だとすれば――」

ロイドの言葉を、不自然な床の振動が遮《さえぎ》った。

ウィステリアは目を見開く。――地震。ありえない。

『イレーネ!!　外だ!!』

聖剣の鋭い声がウィステリアを頭から貫いた。

瞬時に警戒が満ち、ロイドが手を離して上衣に素早く腕を通す。

ウィステリアもまた寝室に飛び込むと、サルティスをつかんで居間に戻った。

ロイドが自分の腰元に手をやり、そこに剣がないことに気づいて小さく悪態をつく。

ウィステリアはサルティスを両腕で抱え、踵を蹴った。だが爪先ほども体が浮かびあがることはなく、はっとして自分の足元を見る。――魔法は使えない。こみあげるものに奥歯を噛んで耐え、顔を上げて弟子の青年を見た。

「ロイド。私を外へ、周囲が見える位置に上げてくれ」

「わかった」

答えるなり、ロイドはウィステリアに歩み寄り、腰に腕を回した。強く引き寄せられ、ウィステリアはわずかに怯む。

しかしロイドの体と共に浮かび上がると、片腕にサルティスを抱え直してもう一方の腕で広い肩につかまった。

ロイドの魔力に反応して透過する天井を共にすり抜け、幹の空洞を上り、枝の無くなった巨木の頂上に出る。

青年に抱きかかえられたまま暗い空に滞空し、ウィステリアは周囲を見回した。

地上に目を落としたとき、そこにありえないはずのものを見つけて凍りついた。

巨木を一周するように浮き上がった、細長い隆起。――大地のみみず腫れを思わせる、《大蛇》の掘削痕。

ロイドの横顔が険しくなり、その目元に鋭利な警戒と戦意が滲んだ。

「あれ一体か？　なぜここに？」

「わから、ない……こんなこと、今までになかった。枯れた大竜樹は、魔物が忌避するもののはずだ。ここに魔物が近づくことなど、これまで一度も……」

ウィステリアは半ば呆然とつぶやき、そして一つの可能性に気づいて蒼白になった。

「まさか、私の体か？　《関門》を開いたせいで――」

「それなら他の魔物も集まってくるはずだ。あの一体だけというのは他の原因がある」

ロイドはウィステリアの危惧を一蹴し、円を描くように動き続ける掘削痕を睥睨した。それから、ウィステリアが抱えた剣に目をやった。

「サルティス。代償さえ払えば、もう一度使わせるんだな？」

冷たく硬質な声に、ウィステリアは息を止めた。ざあっと血の気が引いていき、サルティスを強く体に押しつけて頭を振る。

「なにを言ってる！　だめだ!!」

「追い払うだけだ。少し使えればいい。多少扱いにくいが、それも剣であることには変わりない。剣を扱う以上は多少の怪我はつきものだ」

「そんな問題じゃない!!」

ウィステリアは声を荒らげ、サルティスを渡すまいと抱える腕に力をこめた。

――先ほど見たばかりの、傷だらけの体が頭をよぎる。あんな体で、もう一度黒の剣を握るなどすれば。

恐怖と自分への苛立ちと焦りが、かきむしりたくなるほどに胸を圧した。

（こんな時に……!!）

今の自分は、戦う力がまったくない。指先に小さな火を起こすことさえできず、《黒雷》はおろか、《天弓》も《大盾》も使えない。ディグラを倒す代償としてやむをえないものだったとしても。

――代償。

その言葉がふいにウィステリアの中に冷たい閃きを呼んだ。

「サルト。代償を払えば、私に……」

ロイドがわずかに目を見開いたかと思うと、顔を険しくしてウィステリアを見た。腰を抱く腕に強い力がこもる。銀の眉がつり上がり、薄い唇が開きかけたとき、地が砕ける音が轟いた。

ウィステリアはロイドと同時に地上を見た。

巨大な根元の側で大きく地が抉れ、姿を現す魔物があった。

蛇を思わせる細く長大な体。巨大な顎は二重になり無数の牙が生えている。見知った姿。だが、背鰭《せびれ》はまったくない。その表皮は、孵化したばかりの幼虫を思わせる濡れたような白だった。

異様な白さがウィステリアをますます混乱させる。背鰭のまったくない《大蛇》も、こんな色をした個体も見たことがなかった。

しかし頭部の眼球は赤く、二対四個しかないと気づいたとき、ひゅっとウィステリアの喉は狭まり、息ができなくなった。

――ディグラ。

まさか、とかすれた声がこぼれる。そんなはずはない。ディグラは確かに倒した。

『変異体……ディグラの子か』

サルティスが、低く凍てついた声を発した。ウィステリアは大きく目を見開き、腕に抱えたサルティスを見る。

「あれが？　まさか――」

そんなはずは、と言いかけて、これまでに抱いた疑問が次々と意味を成した。

――狙われた《緋色狼》の群れ。こちらへの悪意のためにそうしたのだと思ったが、亡骸はほとんど残っていなかった。蛇蔓の周りで、《大蛇》によって大量に魔物が捕食された痕跡。あれもディグラだったのか。それに《大蜘蛛》の捕食。これまでのディグラからすると異様な食欲だった。

「ディグラに呑み込まれたとき、体内にもう一つ、胎動しているような音が聞こえた。その正体があれか」

ウィステリアはロイドに振り向き、警戒に満ちた横顔を見た。

そして、半ば信じがたい思いで地上に目を戻した。

白い《大蛇》は、その頭を上へ向けた。上空に浮かぶ、寄り添う二つの影を四つの赤い目が捉える。魔物の眉間の上に、縦に大きな亀裂があることにウィステリアは気づいた。傷には見えない。

やがて四つの赤い目はウィステリアに集中する。

知っているはずで全く見知らぬ魔物と目が合ったとき、ウィステリアの体は抗いようもなく戦慄した。だが腰を抱く腕に力がこもり、寸前で正気を取り戻す。

突然、赤い目の上――眉間の亀裂が、左右に開いた。

ウィステリアは息を呑んだ。

粘液を引きながら開いたそこに、五番目の赤い眼球が現れる。だが他の四つと形が異なり、もっと暗い色をしている。

ウィステリアは既視感に襲われた。

その暗い赤の目に、見覚えがあった。《大蛇》ではない。他の魔物――。

「――《大蜘蛛》の目か」

ロイドの低い言葉が、師の考えを代弁した。

ウィステリアの足元から名状しがたい冷気が立ち上る。――《大蜘蛛》の目を取り込んだディグラの子。なら、あの白い《大蛇》が持つ力は。

第五の目もまた、上空の人影を捉える。

突如、その目だけが黒く染まった。黒い眼球から暗い蒸気のようなものが放たれるのを見た瞬間、ウィステリアは激しい揺れに襲われた。

液体のように上下に振られ、次の瞬間、体を打ち付ける。

しかし痛みはほとんどなく、大きな体に守られ、間近でロイドがうめきを一瞬殺すのが聞こえた。

はっと目を開けると、自分の下に青年の体があった。

ロイドはすぐに体を起こし、ウィステリアもサルティスを抱えて立ち上がった。

互いに目線で無事を確かめたあと、ウィステリアは自分の体とロイドが地面の上にいることを知った。

ロイドが前方を睨み、ウィステリアもそれを追う。

白い《大蛇》が首をもたげ、二対の赤い目と五番目の暗い赤の目で獲物を捉える。

『――《移送》だ』

ウィステリアの腕の中で、サルティスが言う。無感情なその言葉を、ウィステリアは青ざめて聞いた。《大蜘蛛》の特異な能力。《転移》させる力。

ロイドが振り向き、その手がサルティスに伸びたとき、ウィステリアは身を引いて拒んだ。

だめだ、と声に出かけたとき、白い《大蛇》の目が再び黒く反転する。とたん、ウィステリアはロイドに抱き寄せられた。

激しい揺れに襲われ、一瞬のちにロイドとともに別の地点に飛ばされて地に叩きつけられる。息が止まる。

――体を起こす前に、再び同じ振動が襲った。

今度は落下する感覚。だが地に叩きつけられる寸前、ロイドの《浮遊》で相殺される。地に着いたウィステリアが目を開けると、腕からサルティスが奪われた。バチッと音をたて、剣はロイドの手を弾こうとする。構わずロイドはサルティスを手に、ウィステリアから離れた。

「ロイド……!!」

ウィステリアは手を伸ばし、しかし空を切った。

ロイドは地を蹴って《浮遊》で加速し、同時に片手を突き出して白い《大蛇》に魔法を放った。

細長い銀光が、矢のように飛ぶ。

《大蛇》の体に直撃するも、小さな傷一つ負わせられない。

だが《大蛇》の頭部はロイドを追い、体をうねらせてそちらに向く。

ウィステリアは青年の名を呼びかけ、寸前で噛み殺した。土に爪を立てる。

ロイドは敵の注意を自分に引きつけて一人で戦おうとしている。

――今のウィステリアがまったくの無力で、足手まといでしかないからだ。

頭では理解できても、耐えられなかった。ウィステリアは目を逸らしたい衝動を、土を抉って堪える。

ロイドはウィステリアから距離を取った所で、サルティィスを抜こうとする。

しかし柄を引こうとしても、鞘から離れなかった。金の目が歪む様がウィステリアの視界に映った。

とたん、ロイドの周りに黒い靄《もや》のようなものが現れ、その姿が消える。

ウィステリアは喉の奥で悲鳴をあげた。

一瞬前までいた位置の遥か頭上にロイドの体が放り出され、落下する。

それでもロイドはすぐ《浮遊》で体勢を立て直し、着地した。抜くことのできない剣を手に、怒りと戦意に燃える目で白い《大蛇》を睨む。

「――っ目だ、ロイド!! 魔法でそいつの目を狙え!!」

立ち上がり、ウィステリアは叫んだ。ロイドは振り向かなかったが、サルティィスを地に投げ捨て、一気に地を蹴った。両手は空のまま、姿勢を低くして異質の《大蛇》に迫る。その右腕が白銀色の魔力に輝いた。

五眼の《大蛇》が赤い目で見下ろす。一直線に疾駆する銀影に第五の目を黒く染める寸前、ロイドは右腕に握っていた長い光を全身で投擲した。そうして一気に後方へ跳び、一瞬前までの立ち位置に現れた黒い靄を回避する。

投擲された細く長い銀光は、輝く槍となって飛ぶ。

そして第五の目に迫り、突き刺さった。

――とたん、《大蛇》は甲高く暴風のような悲鳴をあげ、大きく体をのけぞらせた。

頭部を激しく振って異物を振り落とそうとし、光の槍が消える。だが眉間に開いた縦の目からは濁った暗緑色の血が流れていた。縦の瞼の中で傷ついた眼球が忙しなく動いた。

その目に再び、瘴気が吸い寄せられてくる。

しかし今度は、《大蛇》の背後に黒い渦が現れた。周りの塵を、風を、黒い煙に似た瘴気を大量に吸い込み、瞬く間に肥大化する。

ウィステリアは愕然《がくぜん》とした。白い《大蛇》の後ろの渦は底なし沼のように拡大していく。――《大蛇》の体すら呑み込めるほどの大きさになっていく。

サルティスの切迫した叫びが耳を貫く。

『止めろ！　向こうの世界に《転移》するつもりだ!!』

少し離れたところで、ロイドが金の目を見開いた。

ウィステリアもまた、地に放られたサルティスを見る。とっさに駆け寄り、手に拾った。そして白い《大蛇》に振り向く。

――あの巨大な魔物は《転移》の力を持たない。そのはずだった。だが白い変異体の背後にあるのは、他の魔物とは比べものにならないほどの巨大な力の渦だった。

（あの〝目〟を潰さなければ……！）

ウィステリアは顔を歪め、睨む。

《大蛇》が向こうの世界へ《転移》する――それだけは避けなければならない。

しかし今の自分は魔法が使えない。ロイドも剣を持たないが、その魔法はかろうじて白い《大蛇》の目に効くようだった。それに頼るしかない。

ロイドが地を蹴り、ウィステリアの元に駆け戻る。

「イレーネ。あなたの命、私に預けてくれ」

唐突な言葉に、ウィステリアは大きく目を見開き、青年に目を戻した。

金の瞳に、強い意思の光がある。

――何を、とは聞けなかった。言葉よりも、ロイドのこの目が語っている。

この青年を信じられるのかどうか、ウィステリアの中に答えはもうあった。

「わかった」

短く答えると、腕に抱えたサルティスごと強く体を抱き寄せられた。驚く間もなく、ロイドは《浮遊》で上昇する。

そのまま一気に加速し、白い《大蛇》の元へ、その背後の黒い渦へ向かった。

『貴様……!!』

ウィスﾃリアの腕の中で、サルティスが吼える。

紫の目を大きく見開き、ウィステリアは硬直した。

――ロイド、と悲鳴のように叫ぼうとした。

抱き寄せる腕に力がこめられる。金の目は、迫る巨大な渦を睨んでいる。

その眼差しに、ウィステリアは抵抗を止めた。そして、強く目を閉じてロイドの体に頭を寄せた。

――この青年を信じる。そう決めた。

抱かれたまま、巨大な暗黒の渦に飛び込む。とたん、ウィステリアの視界の一切が暗闇に閉ざされた。ひどく暗く、冷たい場所を頭から落ちていく。手放さないよう、サルティスを必死に抱きしめた。

閉じた瞼の裏に金色の光が浮かびあがる。

どこともわからぬ場所を落ちていく中、重なった体の温度だけは確かだった。

終章　その瞳の色を知っていた

「坊ちゃんは働き過ぎなんです！」

「あの、夫人……さすがに〝坊ちゃん〟はそろそろやめてほしいんだけど……」

「坊ちゃんは坊ちゃんじゃありませんか！　まったく、結婚もしないで研究研究研究と……」

家族も同然の付き合いの長い使用人に叱られ、ベンジャミン＝ラブラは苦笑いで頭をかいた。

この恰幅のいい、面倒見もいい女性は、五十とは思えぬほど元気で溌剌としている。実家の男爵邸にいるときから世話になっていて、ベンジャミンが自分の家を持って一人居を構えるとなったときも、夫と一緒についてきてくれたのだった。

何かにつけて結婚しろと魔法の詠唱のように口にすること以外は、たいへんに気の良い人だ。

その気の良い女性使用人は、久しぶりに家に帰ってきたベンジャミンに愛ある説教をくわえたあと、腕によりをかけて食事をつくると言って厨房に引き上げていった。

そのあとで、ベンジャミンはぼんやりと庭に出て、四阿《あずまや》の下の長椅子に座った。

間もなく日が暮れようとしている。色濃い陽の光が、ベンジャミン一人には広すぎる庭を照らしていた。この邸を自分の住まいと決め、人生最大の買い物にしたのは、この庭に惚れたからという理由もある。

仕えてくれる夫人とその夫と庭師によるまめな手入れのために、四阿はむろんのこと、その周りの草木や花もよく整えられていて美しい。館から四阿へ続く道も白い石で舗装されており、ベンジャミンの目にはまぶしく映るほどだった。

無心でそれを眺めたあと、ベンジャミンは心の中で独語する。

(……だめだなあ、僕は)

不摂生が祟ったのか、研究所で倒れたのはおよそ一週間前のことだった。第一研究所に呼び出されて職務につとめ、少し時間があけば自分の研究所に戻り、ということを繰り返しているうちにすっかり疲れがたまっていたらしい。

もう若くないというのは重々承知していたが、状況が状況なだけにあまり休めなかった。

過労であると医師に診断されると、自分を慕ってくれる第四研究所の研究員たちに押し切られるようにして休みを取り、王都から離れた自分の家に久しぶりに戻って来た。

この状況で休養が許されたということは、倒れたということが、第一研究所やその周辺の関係者にも芳しくないことと思われたからだろう。

そして何より、自分がいてもいなくても状況が変わらないというのがある。

(ロイド君に……何があったのか)

ベンジャミンはようやく一人で検討する時間を得た。——帰還予定日を大幅に過ぎてもロイドが帰ってこない。

事情を知る関係者の間で騒然となり、ベンジャミンはあらゆる場所に招かれて質問の雨を浴びることとなった。特に、目の眩むほど美しい《白薔薇》の王女や、できればあまりお目にかかりたくないルイニング公との面談では寿命が削れるような思いがした。

――実際、ベンジャミンにも何が起こっているのかわからなかった。

あの孤高の青年が、異界の地で命を落としたという可能性も考えなかったわけではない。だが彼が身につけた装備には、もしもそうなったときのための合図が送られてくるように設計してある。不具合があって発動しなかったという可能性もある。が、限りなく低い。

そうではない、と感情的に信じたい気持ちもあった。

ベンジャミンは深々とため息をつき、隣に置いた箱を開けた。中は布を敷き詰めてあり、その上に、灰色の光沢を放つ黒い鉱石がおさまっていた。岩から削り出したままのような、角ばかりで手よりも大きい塊の石だった。

ベンジャミンはその石を両手で取り、夕陽に透かした。

石の端が半透明の黒になり、中でもっと濃い黒い砂状のものがゆっくりと動いている。

濃い瘴気がそのまま中に閉じ込められている珍しい石だ。

こういったものは研究所の所有になるのが普通だが、第四研究所には同じようなものがいくつかあったので、ベンジャミンは個人の研究のために譲ってもらうことにした。他の鉱石や石と異なり割れにくいので観賞用にもできる。

同じような石がいくつかある中でも、この石はベンジャミンの目を引いた。

瘴気が中に閉じ込められている様子がよく見えるからというのもあるだろう。

石の中でゆっくりと動いていく瘴気を眺め、中央部分の、光が当たっても透けない黒曜石のような輝きを見る。

――それを見る度、ベンジャミンは長い黒髪に紫の双眸をした美しい女性のことを思い出さずにはいられなかった。

《未明の地》について学んでいたあの美しい人は、若くして《未明の地》に散っていった。そのことに、運命の皮肉という言葉を思い浮かべたことがある。

しかし、ロイドという青年もまた同じ地に行き、戻って来ないというのは皮肉どころか悪夢にすぎた。

（瘴気濃度は安定していたし、ロイド君の技量からして、魔物に襲われて危機に陥ったということも考えにくい……）

命を落としたのでもなく、かといって生きて帰ってくるでもない。ならば《未明の地》で生きているということになるが、それもありえないことだった。

いくら青年がルイニングの中でも傑作と言われる素質の持ち主であろうと、これほど長い間、瘴気耐性もなく、人間が生き延びるために必要なものすらない、魔物ばかりが跋扈《ばっこ》する異界で生き延びられるはずがない――。

「う、わっ!?」

突然、火花が散るような音がして手に痛みが走り、ベンジャミンは石を取り落とした。

慌てて拾おうとして、凍りつく。

割れるはずのない石が砕け、その中から黒い煙状のものが溢れ出した。

ベンジャミンは蒼白になり、大きく後じさった。四阿から逃れる。

(瘴気……嘘だろう⁉)

明らかに異常な量だった。一塊ほどの石の中から、四阿を埋めつくさんばかりの量が出てくる。

全身から血の気が引き、この場から逃れようとしたとき、ふいにその瘴気が動いた。

何かに吸い寄せられるように一筋の流れとなって四阿から吸い出され、空に昇る。

そうして楕円状に密集し――陽の落ち始めた空に、黒い渦のようなものを作った。

橙色の空に穴があいたような光景を、ベンジャミンは束の間、状況も忘れて見入る。

(こ、これは……)

――似ている。

そう思ったとたん、黒い渦の中に、星を思わせる小さな光が瞬いた。

ベンジャミンが目を凝《こ》らすと、光は次第に大きくなる。慌てて眼鏡を外し、目をこすり、かけ直しても、やはり大きくなっている。

――こちらに向かってくる、と思った瞬間、光は加速して渦の向こうから飛びだした。

ベンジャミンが声をあげたとき、飛び出した光は庭に落ちた。

落ちた光と空の渦との間で、ベンジャミンは忙しなく視線を往復させた。瘴気が凝《こご》った渦は急速に薄くなってゆき、やがて砂が掃かれてゆくように霧散して跡形なく消えた。

ベンジャミンは呆然とそれを眺めたあと、落ちてきた光に目を戻した。

赤い花が植えられた花壇に、白銀の光の粒子が舞っている。その中に、一瞬前までなかったものがある。

ベンジャミンは自分の目を疑い、声を失った。

花壇の中、長身の男が、何かに覆い被さるようにして倒れている。白銀の粒子は、その体から発せられていた。

こちらにうつむいた頭は、夕陽の中で燃えるような色に染められた銀色だった。首の後ろで束ねられ、揺らめく焔の色に染まって首から雪崩れて垂れている。

男は肘をついて体を起こし、その頭が動く。伏せられた銀の前髪の向こうに、ベンジャミンの知る顔が見えた。

「ろ、ロイド君⁉」

声を裏返らせて叫び、ベンジャミンはつまずきそうになりながら駆け寄る。そうして、気づいた。

肘をついて体を起こした青年の下にあるもの。その腕が抱えていたもの。その目が見つめているもの。

——もう一人の人間。

近づき、訝りながら目を向けたとき、ベンジャミンの心臓は胸を破りそうなほど大きく跳ねた。

赤い花の上に広がる、長い黒髪。抜けるような白さの肌。閉じられた瞼と、その縁から伸びる長い黒の睫毛。細くまっすぐな鼻と、薄い唇。

——幾度となく思い返した記憶が、そのまま現実となって現れたかのようだった。

見たこともない衣装に身を包み、両目は閉じられ、瞳の色を見ることはできない。

だがベンジャミンはその色が紫であることを知っていた。

――その目ゆえに、藤の妖精と呼ばれていたことも。

そしてその主の名さえも。

「ウィステリア、様……？」

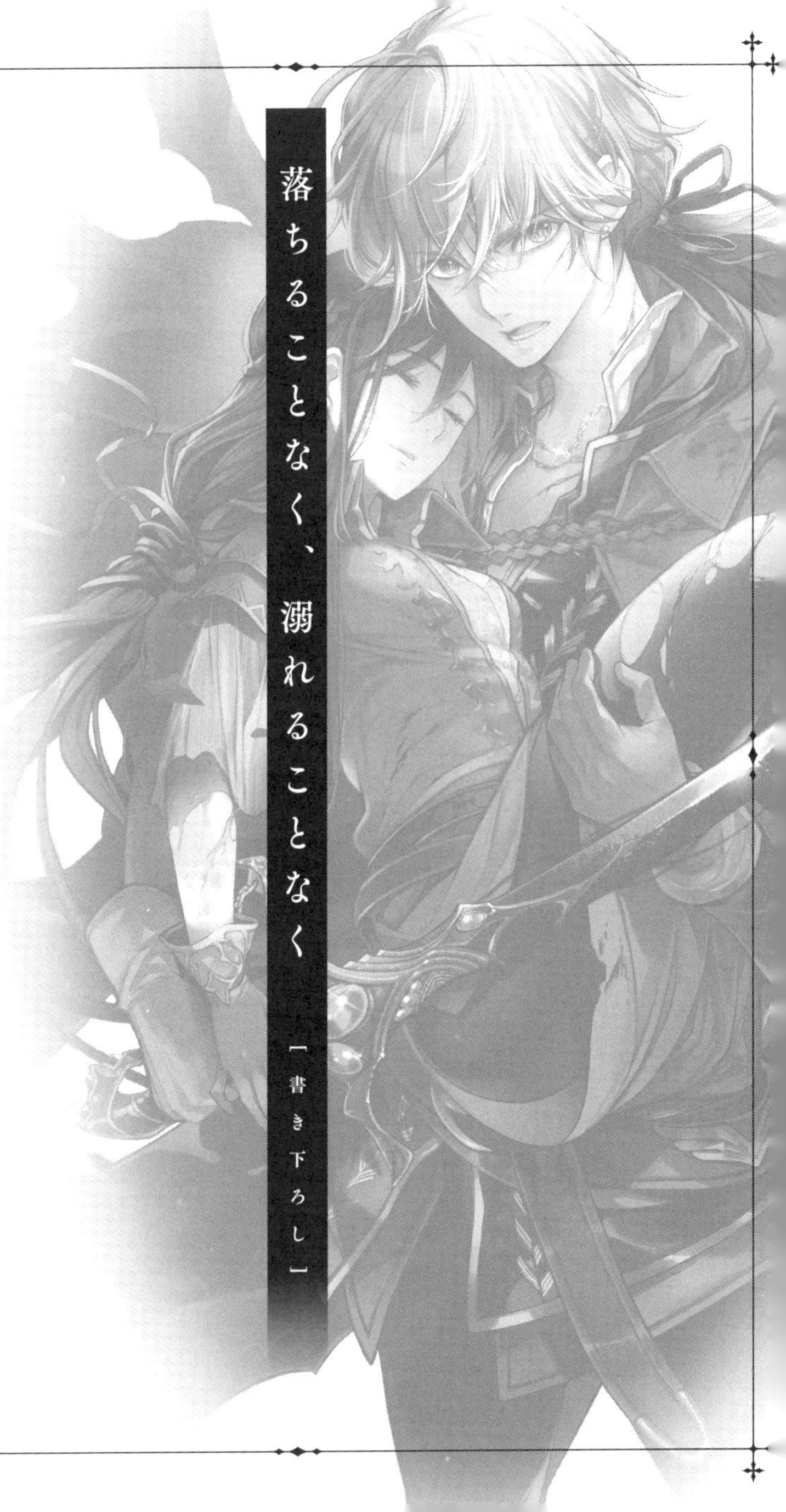

落ちることなく、溺れることなく

「書き下ろし」

「師匠。この地の湖は、向こうの世界と同じ性質か？」

ロイドが突然そう切り出してきて、ウィステリアは忙しなく瞬いた。《蛇蔓》の対処について気を取られていた意識が、目の前に戻ってくる。

今は、双方とも報告を終え、向かい合って夕食を取っている時間だった。

別行動でそれぞれ《大竜樹》を見て回るということを決めたのは数日前で、今日もまた朝から出て、空が完全に暗くなる前に互いに拠点に戻ってきた。

サルティスはウィステリアの側、居間にある簡素な台座におさまっている。

――湖、というしばらく聞かずにいた単語が、ウィステリアの理解を少し遅らせた。

「性質が同じ……というと、一定量の水があってその中に水生生物がいて、というような地形のことか？」

「ああ」

「……ふむ。まったく違う、ということはない……と思う」

ウィステリアの濁した答えの意味を、明敏な弟子はすぐに察したようだった。金の目に訝《いぶか》しげな光が滲《にじ》む。

「含みのある言い方だな」

「この地では湖をあまり見ないからな。水生の魔物のこともあまり知らないんだ。どこかに湖に見える場所があったのか？」

ロイドは短く肯定し、ウィステリアの意表を突いた。

――ロイドは、拠点から西回りに大竜樹を調べて回っている。その経路をウィステリアは知っていたが、途中に湖があったとは思えなかった。

見落としていたのだろうか、と首をひねる。今度は自分が問うた。

「どういう湖だ？」

「表面は透明な膜――氷のようなものが張っているように見えた。その下に、枝状の亀裂が広がっていた。水中に樹木が生えているのかとも思ったが」

ロイドの淡々とした声に、ウィステリアは一抹の不安を覚えた。

（水中に樹木……）

《未明の地》は植物が乏しい。はっきりと樹木と分類でき、何度も見かけるのは大竜樹くらいなものだった。――ロイドが見たのは樹木ではなく、何か別のものかもしれない。

だがもし、樹木だとしたら。

ウィステリアが口を開く前に、サルティィスが朗々とした声をあげた。

『貴様の乏しい語彙《ごい》と表現ではよくわからんな！　なんたる無能！　発見した時点で、確実に判明するまで調べればいいものを！』

「あいにく、優先順位を間違えたことがないんでな。聖剣殿は都合良くものを忘れて目の前のことだけに集中できる能力をお持ちのようだが」

『なんだと貴様!?』

「サルト、やめろ。蛇蔓に関すること以外での戦闘や接触を避けろと言ったのは私だ。無用な危険を冒すことはないからな」

ウィステリアはかすかに眉をひそめて聖剣を見つめ、制止した。

青年の金の目が冷ややかに剣を睨んでいる。

――この地では何が起こるかわからない。自分のような瘴気への耐性を持たないロイドを単独で行動させるのは危険が伴う。何か異変を見つけても、蛇蔓以外には不用意に近づいたり干渉したりすることのないようにと注意していた。

ウィステリアは思案しながら、唇の下に指を当てた。

「ともかくだ。水中の樹木というのは気になるな。大竜樹に類するものであった場合、そこに蛇蔓が発生していないか確認しなければならない」

『それを我が言おうとしたのではないか！　だというのにこの小僧が！』

「はいはい、わかったって。――で、つまりは確かめる必要があるということだ。明日、その場所に行こう。私も、同行する」

ロイドは白けたような目でサルティスを一瞥《いちべつ》しながら、わかった、と答えた。


翌日、ウィステリアはサルティスを抱えてロイドと共に拠点を出た。今回はロイドが先行した。拠点から西の方向へ、《浮遊》で空を飛ぶ。青年の左半身から自分のほうへとなびく碧の外套を、ウィステリアは新鮮な気持ちで眺めた。

――この地で、誰かの背を見ながら飛ぶことになるなどとは想像もしていなかった。

『何を呆けている。遊びに行くのではないのだぞ！』

「……わかってるよ」

サルティスの叱咤《しった》に小さく心臓が跳ね、ウィステリアはロイドの背から視線を外した。一人のときより気の緩みを感じるのは、否定できないことだった。

空を進みながら、地上に意識を向ける。どれくらい飛んでいたのか、やがて大地に一点の染みのようなものが見えた。

ウィステリアが目を眇《すが》めると、先を行くロイドの速度が落ちていった。ウィステリアもまた同じように速度を落とし、並ぶように空中で静止する。

「あれか？」

ウィステリアが地上を示して問うと、ロイドは肯定した。

サルティスを抱いて腕組みをする格好で、ウィステリアはじっと地上を眺めた。

乾いてひび割れた大地がどこまでも広がる中、眼下の地点は色濃い歪《いびつ》な円を作っている。

――ロイドの言う通り、遠目には氷の張った湖のように見えた。透明な層の下、光沢のある液体状のものが透けて見え、さらにその液体の中に黒い枝が無数に伸びている。

大竜樹に似ていないこともないが、異なるもののようだ。ウィステリアにとって見慣れない光景だった。だが、どこか見覚えがある。記憶を探るうち、やがて思い至った。

「サルト。もしかしてこれは……〝樹液〟じゃないか？」

ウィステリアが声に出すと、ロイドが目を向けた。サルティスが答える。

『その可能性が最も高いであろうな』

「〝樹液〟？」

ロイドが反復する。ウィステリアは小さくうなずき、確かめるべく慎重に高度を下げていった。

ロイドも追ってくるのを目の端に捉えながら、過去の記憶を引っ張り出す。

「だいぶ前だが、二度ほどこういったものを見かけたことがある。色はどれも違ったんだが……。あの液状の中に見える〝枝〟は、本当に樹木の枝だ。あの樹木についてはよくわからない。が、こうやって沈む前は大竜樹などと同様、地上に生えていた。だが何かのきっかけで、周りの土から水分を吸い尽くして周りを陥没させるようだ。まるで自分が地中に埋没しようとするかのように」

「木が、自分で陥没する？」

怪訝《けげん》そうな顔をする青年に、ウィステリアはうなずいた。

「陥没した木は、大量の樹液を出す。数日後に通りがかると、陥没した穴を膨大な樹液が埋めていた。樹木ごとだ。異物が入り込んだ琥珀に似ている。樹液が出るといっても小さな湖ほどの規模になるし、とても奇妙だが……あれは、一種の死ではないかと思う」

金の瞳が一度瞬いた。

「――死？　木が枯れた、ということか？」

ウィステリアはうなずいて、続けた。

「普通の枯れ方とは違うが、あのように埋まっては樹木自身も生きているとは言えないだろう」

「湖水のように見える部分は全て樹液か。氷のように見える層の部分も。害はあるのか？」

「……いや。私の知る限り、毒性もなかったはずだ」

ウィステリアは鈍く頭を振った。

ロイドは束の間思考する様子を見せたが、すぐに降下しはじめた。

「あ、おいロイド……!?」

「一応調べる」

ウィステリアが止める暇も与えず、遠ざかっていく。ウィステリアもとっさに後を追った。

「樹液の中に落ちるなよ！」

やや焦って、そんな警告の声をあげていた。

紫の目が追う先、銀影は樹液の湖に降り立つ。その一歩こそ凍った湖面の強度を探るような慎重さがあったが、すぐに両足で踏みしめた。

ウィステリアもサルティスを抱えたまま、爪先からゆっくりと降り立つ。束ねた黒髪が小さく揺れた。

長靴の裏に触れる面は、氷ほど硬くもなければ通常の樹液ほど粘ついてもいなかった。わずかな弾力を感じ、人の体重を支えられる程度には固まっている。

ウィステリアは軽く息を吐いた。少なくとも足を取られたり、落ちて樹液に溺れるなどということはなさそうだった。

この樹液が無害であることも、粘度がさほど高くないことも身をもって知っている。

――それでも、あまり長居したい場所ではない。

ウィステリアは顔を上げてロイドを見る。長身の弟子は、足元――樹液とその中に閉じ込められた樹木やそれ以外のもの――を丹念に観察するように歩いていた。

「ロイド。少なくともここには蛇蔓は発生しない。もう行こう」

「少し待ってくれ。他の魔物の痕跡を調べたい」

弟子の思わぬ返答に、ウィステリアは目を瞬かせた。

「何を探してるんだ？」

訊《たず》ねると、率直な青年にしては珍しく、「個人的なことだ」と曖昧な返事があった。

紫の瞳を忙しなく瞬かせ、ウィステリアは訝った。

しかしこの調子からすると、ロイドは詳しく話すつもりはないということだろう。

「……あまり、歩き回らないほうがいいぞ。固まっているようだが、足元には気をつけて」

結局、そんな忠告を加えることしかできなかった。しかし聞こえているのかそうでないのか、ロイドは足元を観察しながら歩く。少し離れたところからウィステリアはそれを眺めた。

（他の魔物？　何を調べようとしているんだ……？）

蛇蔓に関することなら話すはずだ。ロイドの様子からして、単純に好奇心や興味というより、何か目的があって探しているような、あるいは確かめようとしているかのような気配がある。

ウィステリアが内心で首を傾げたとき――ロイドの足元に亀裂が起こった。

「ロイド!!」

一気に血の気が引き、ウィステリアは駆け出した。

ロイドが足を取られ、地面に飲み込まれる。長身が一瞬消え、ウィステリアがたどりついたとたん、銀の頭が液体の中から飛び出した。

ロイドは濡れた銀の髪を振り、小さな雫を散らす。薄く青みがかった樹液が頭から滴り、顔をしかめている。

やや焦ったまま、ウィステリアは割れた穴の縁で片膝をついた。

「大丈夫か？」

「心配ない。樹液と聞いてもっと粘ついた液体かと思っていたが、水に近いな。わずかに果実のような匂いがする」

「あ、ああ……」

もはや動揺もない声に、ウィステリアのほうが意表を突かれた。

薄青の雫はロイドのこめかみや眉間を流れ、高い鼻を避けるように分かたれて顎を伝う。青い樹液の中では、暗く色濃くなった外套が揺らめいているのが見えた。

固まっていたと思われる足元がいきなり崩れ、穴ができてロイドはそこに落ちたようだった。

ロイドの身長なら顔は水面から出せるくらいの深さのようだ。

ウィステリアは安堵の息を吐いた。ロイドは樹液の状態を分析し、周囲を見回す余裕すら見せている。

（泳げるのか彼は……いや、それよりもこの度胸というか、動じぬ態度というか……）

ウィステリアは奇妙に感心したような、気後れするような気持ちを抱いた。が、それを脇に追いやり、片腕にサルティスを抱え直し、空いた手をロイドに伸ばす。

「ほら、上がれ。濡れてしまったから戻らないと……」

『珍しく笑えることをしたな小僧!!　まるで道化のような滑稽さ!!　その道化ぶりは褒めてやらんでもない!!』

「おいサルト――」

『樹木の小池に落ちて全身濡れるとは実に喜劇!!　貴様に役者の才能があるとは思わなかったぞ!!　もっとも、演ずるではなく本性なのであろうが、であれば尚更今回ばかりは褒めてもよい!!』

「こらサルト、」

『なんだイレーネ!　これで笑わないほうが無粋というものだぞ。こういった王道的失態はお前達が古典劇と呼ぶものにも描かれているくらいに由緒正しき間抜け、果物の皮で滑って転ぶのに並ぶほど正統にして純粋なる間抜けだ。なんせ足を滑らせて池に落ちているわけだからな!』

サルティスのそのあまりの勢いにウィステリアは呆気にとられた。同時に、聖剣の言葉通り、遠い昔に見た喜劇――足を滑らせて池に落ちる場面があった――が脳裏をよぎり、思わず噴き出した。

状況だけ見れば、この怜悧な青年がうっかり湖に落ちた、などという場面は珍しく、微笑ましいとさえ感じられる。

サルティスが追い討ちをかけるようにまた嘲笑の言葉を投げかけたとき、首から上を水面に出していたロイドの目が、尖った光を宿した。ウィステリアははっとする。一瞬、その目にコーラルを思い出す。――遊んでいるときに見せた、獲物を狙う目。

「へえ?」

短く、不穏な響き。ウィステリアが危機感を抱いたときには濡れた手に腕をつかまれていた。

「うわっ――!?」

腕を引かれ、膝をついていただけの姿勢は呆気なく崩れる。

ごぼ、と水音に包まれ、全身を包む世界が一変する。水中。目を開けられず、息ができない。無数の泡が顔の周りに、体に立ち上る。長い髪と下衣の裾が無力に揺らめく。

――沈む。

白い手が暗い水の中をもがいたとき、その体を太い腕がさらった。

「っげほ、ごほっ……!」

水中から顔が出たとたん、ウィステリアは咳き込んで忙しなく呼吸した。とっさにそこにあるものにしがみつき、息を整える。びしょ濡れになった髪や衣服が重く張り付き、無数の雫が頭から下へ流れた。

「……泳げないのか」

忙しない息の間にそんな声が聞こえ、ウィステリアははっと顔を上げた。濡れたせいか、いっそう強く輝く金の目がこちらを見ている。その両目は小さく見開かれ、驚きを表しているようにも見えた。

ウィステリアはにわかに恥ずかしさを覚えた。

羞恥を振り払うように、反発して眉を跳ね上げた。

「いきなり何をするんだ君は！　そ、そもそもこの地で泳ぐ必要などないんだからな！　泳げなくとも問題ない！」

「……そうだな」

「君も泳げるからといって油断して落ちるな！　引っ張るな！」

勢いに任せてウィステリアがまくしたてたとき、だがロイドは反論するでもなく、簡潔に告げた。

「――悪かった」

含みのないその声が軽くウィステリアの胸を衝いた。黒く濡れた睫毛を瞬く。

こちらを見つめる金の目は、水分のせいか潤んだような輝きを帯びていた。

ウィステリアは瞬く間に怒気を削がれ、代わりに妙な居たたまれなさに苛まれた。

「わ、わかってくれたなら、いい」

気まずく、そう言った。――たぶん、ロイドは悪ふざけをしただけだ。この青年は顔に見合わず、そういった悪戯《いたずら》めいたことをするときがある。相手がまったく泳げない人間などでなければ、笑い話になったはずだ。

一応は師にあたる人物が、まったく泳げないなどとは思いもよらなかったのかもしれない。

また一つ弱点をさらしてしまったという気まずさと恥ずかしさが、じわじわとウィステリアに迫った。

それをつとめて考えないようにしたところで、ようやく自分が何に掴まっているのかに気づいた。

手でしがみついているのは、広い肩だ。そして自分の腰を抱いて水中で立たせているのも、青年の強い腕だった。

そう認識して目がさまよったとたん、太い首が見えた。濡れたせいで襟が開き、首元を雫が滴り、薄青の液体の中に首飾りが浮かんで鎖骨の下まで見えている。左半身に羽織った外套は、大きな葉のように広がって水中に揺蕩《たゆた》っていた。

ウィステリアの心臓は小さく跳ねた。慌てて目を逸らす。とっさに青年から離れようとすると怪訝《けげん》そうな顔をされ、支える腕に力がこめられた。

「おい。暴れるな」

「い、いや、暴れてるわけじゃなくてだな……！　一人で、立て──」

「あなたの身長では、底に足をつけても顔が出ない」

ぐ、とウィステリアはうめいた。今はロイドの支えがあり、水底に足がつかない状態でも顔を出していられた。泳げない身では、自力でその姿勢を保つことはできない。

──はた、とウィステリアは気づいた。両手でロイドにしがみついてしまっている。

「サルトを落とした……！」

慌てて、水中に目をやった。薄暗く、さらさらした樹液の中に、枝の影が張り巡らされている。遠目に水没した枝のように見えていたものは、実体のない模様であるらしかった。あるいは枝が溶けて影だけが残ったのか。

ウィステリアがロイドから身を離して潜ろうとしたとき、だが腰に回った両腕にぐっと引き止められた。

ウィステリアは思わずロイドを見上げた。

「泳げないんだろ」

「潜るだけならなんとかなる！　サルトを——、っロイド⁉」

体を抱える腕に押され、ウィステリアは悲鳴じみた声をあげた。

ロイドはウィステリアを抱えたまま、押し戻すように泳ぐ。

「なっ、ロイド待て……っ、うわ⁉」

穴の縁まで戻されると、いきなり腰をつかまれて高く持ち上げられる。ざばっと水音が立ち、ウィステリアは固まった樹液の上に押し上げられた。縁に腰かける形になり、膝下が水につかる。

目を丸くするウィステリアを、水面から顔を出したロイドが見上げた。長い銀の睫毛に小さな雫がガラス玉のように連なり、まとめた銀の髪は海月《くらげ》のように水中でたなびいている。

「ここにいろ。私が取ってくる」

「い、いや、君は弾かれてしま——、っ」

ウィステリアが身を乗り出したとき、ロイドの両手が腰をつかんで止めた。

濡れた紫の目が瞬いたとき、金の瞳が見上げたまま言った。

「ここにいろ」

同じ言葉が繰り返され、だが声にはほのかに力がこめられているように響いた。ウィステリアはにわかに戸惑う。腰を止められているせいで動けない。押し止めようとする手に、その眼差しの強さに気圧《けお》されて鼓動が乱れる。

「掴んで持ってくることぐらい問題ない」

「待て……、ロイド！」

ウィステリアが食い下がるのを待たず、ロイドの手が離れて頭が水中に没した。

とっさに手を伸ばして身を乗り出した姿勢でウィステリアは止まった。――ここで、泳げない自分が後を追ってはまた弟子に助けられる羽目になる。

ぐ、と喉の奥でうめき、ひとまず体を引き上げ、立ち上がった。全身が濡れて、あらゆるところからぽたぽたと雫が滴って固まった樹液に無数の小さな水玉を作る。

少しの不安を抱えながら穴のあいた水面のほうを見ていると、やがて薄青の液面の向こうに鈍く小さな光がいくつも瞬く。そして銀影が見え、水を跳ね上げてロイドが顔を出した。

『なんたる不敬!!　ただでさえ許しがたいというのによりによって濡れた手で触るな馬鹿者!!　お前もだイレーネ!!　我を落とすとは何事か!!　溺れても離――何をする馬鹿者!?』

青年の手に反発して小さな雷をまとっていた剣が、無言で放り投げられた。ウィステリアは慌てて手を伸ばし、かろうじてサルティスを受け取った。

ロイドはそれを見ようともせず穴の縁に両手をかけ、体を持ち上げる。頭を振って水滴を払う。

「一度戻ったほうがいいか」

「う、うむ。君はその、大丈夫なのか。怪我や、喉に水が入り込んだりは……」

「問題ない」

ロイドは涼しげな顔で軽く肩をすくめた。とたん、ウィステリアの手の中で聖剣が怒りの声をあげた。

『おいイレーネ！　その間抜け極まる小僧のことなどどうでもよい!!　それより我が濡れたではないか!!　錆びる!!』

「……え。錆びるのか、君？」

『馬鹿者!!　我のような完璧な存在が錆びるわけなかろう!!　だがこのような得体の知れない液体を全身に浴びせるとは何事か!!』

ウィステリアは濡れた睫毛を瞬かせ、呆れ混じりのため息をついてじとりと聖剣を睨んだ。念のため、サルティスの全身を矯《た》めつ眇めつする。ずぶ濡れになってはいたが、見たところ傷はない。

ロイドはとうに興味が失せたように視線を外し、外套を絞っている。

「戻ろう」

ウィステリアはそう告げ、両腕でサルティスを抱えて、重くなった靴の踵を蹴った。長靴はきつく紐で締めていたためか、樹液の浸入をかろうじて免れている。《浮遊》で空に浮かび上がると、水分を吸った服や髪は重く、濡れた肌に冷たさを感じた。

ロイドがウィステリアの隣に並ぶ。来た道を戻っていくうち、ロイドはおもむろに言った。

「以前、この樹液に落ちたのか？」

ぐ、とウィステリアは喉の奥で小さくうめいた。――珍しい現象のわりに、樹液であることや毒性がないことなどを知っている状態の意味を、この察しの良い弟子はすぐに理解したのだろう。

――はじめてこの特異な植物と樹液に遭遇したとき、油断して落ち、危うく溺れかけたのは事実だった。

「まあ、そうだ」

「……溺れたのか」

「なんとか《浮遊》で抜け出した。そう、つまり泳げなくても《浮遊》でなんとかなるというわけで――」

『我の忠告なくしては危うく溺死するところだったではないか!!』

「う、うるさいぞサルト!」

ウィステリアはやや慌てて聖剣を遮った。この尊大で率直すぎる聖剣は、しばしば思い出したくない過去を無遠慮に掘り起こしてくる。泳げず、溺れて危うい目にあったことなど、弟子である青年には知られたくなかった。いま思えば、先ほども《浮遊》を使えばあのように溺れかけずに済んだ――。

「今はもう溺れる心配はない」

ロイドが、ふいに言った。ああ、とウィステリアは何気なく肯定しようとした。《浮遊》さえあれば、と言いかけて先んじられる。

「私の手の届くところにさえいれば」

ウィステリアは小さく目を見開く。ロイドの淡白な言葉の意味を、一瞬つかみ損ねた。

――自分のいるところであれば溺れる心配はない。

そういう意味だと遅れて気づき、ウィステリアはにわかに心を揺らした。溺れ、とっさに《浮遊》を使うこともできなかったとき、体をさらい引き上げてくれる腕があったことを思い出す。しがみついた手に感じた、揺るがぬ精悍な体。濡れた輝きを放っていた金色の瞳。

『大した自信ではないか、小僧。哀れな貴様のために教えてやろう。それは自信を通り越して大言壮語、虚栄や妄想と呼ぶものだ！』

「相変わらず理解力と表現力が著しく乏しいな、聖剣殿。もう一回水没すれば少しは頭も冷えてましになるんじゃないか。手伝ってやろうか」

『要らんわ馬鹿者!!　貴様、そのようなおぞましい脅迫をするなど見下げ果てたぞ!!』

腕の中の聖剣と隣のロイドと言い合うのをウィステリアは淡い苦笑いを浮かべて聞いた。それでも目線は前に向け、ロイドを見ることはしなかった。

何層もの暗い色と黒のまじる空を見る。

（……そういうのは、だめなんだ）

――この地で、自分以外の誰かに頼るなどということは。

誰かに心を傾けるなどということは、あってはならない。

この青年に心を許しすぎてしまえば、きっと浅くない傷になる。かつてサルティスも気を許すなと言ったように。

だから、ウィステリアは意識して軽い声で答えた。

「落ちなければいいさ。そうすれば、溺れることもない」

言葉にしながら、自分に強く言い聞かせた。

頬に視線を感じた。明敏な青年は、なぜかすぐには答えない。少し間を置いて、「ああ」とロイドはそれだけ言った。

だが言葉とは裏腹に、その声は納得とはほど遠い響きを持つ。

――頬に触れる強い視線も、決して退きはしなかった。

伸ばした手に触れるのは

【紙書籍限定書き下ろし】

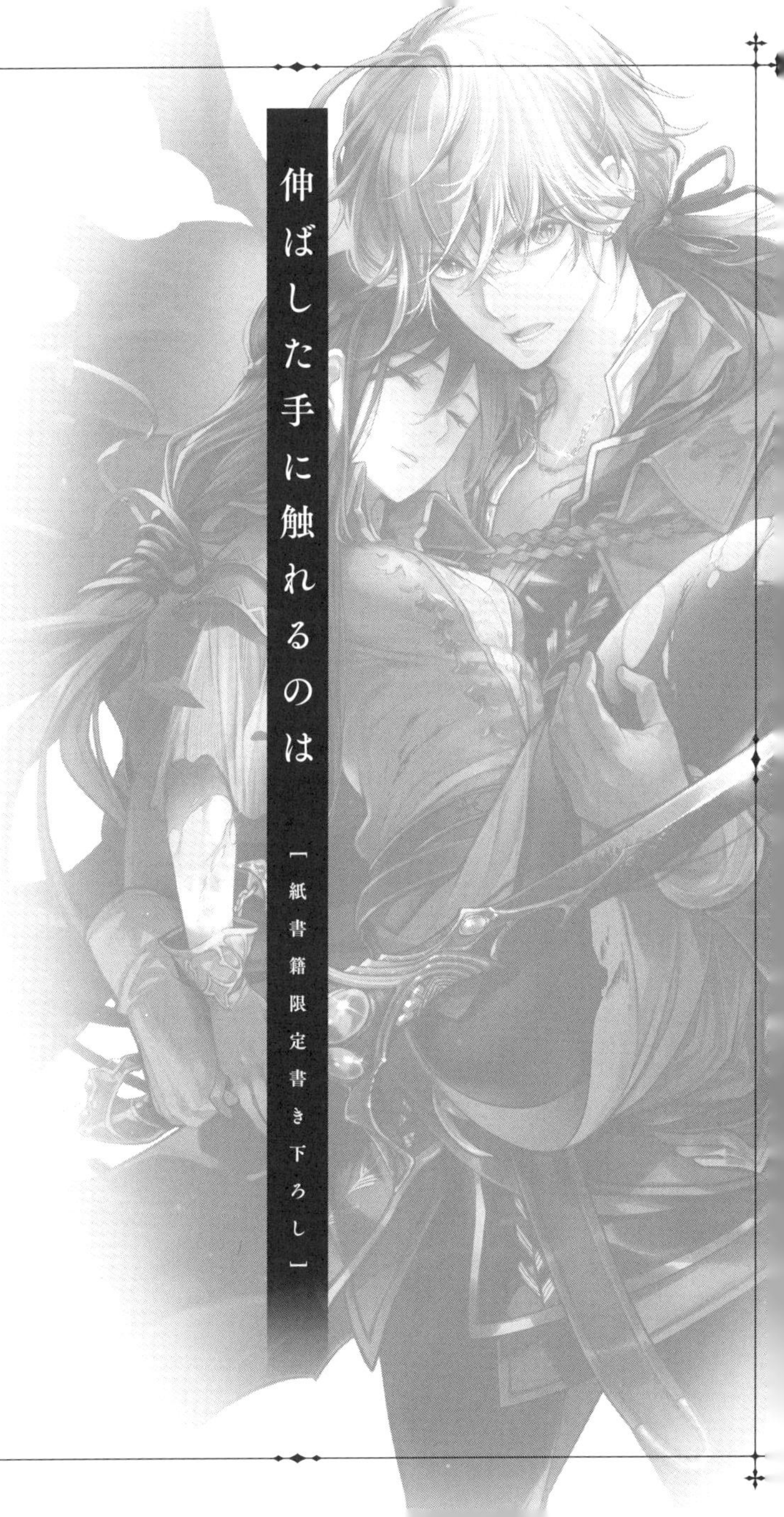

――冷たく暗い異界の空は、果てのない迷宮のようにさえ思えた。

その暗い迷宮を、ウィステリアの体は乱高下を繰り返しながら進んだ。《浮遊》を発動し続けるだけで精一杯の身では、さまようといったほうが正しかった。

『気を確かに持て。戻ること以外は考えるな』

胸に抱いたサルティスが強い声をあげている。今は、それだけがウィステリアの意識を繋ぎ止めるものだった。サルティスを抱く腕にかろうじて力を込め続ける。

前だけを向く紫の双眸は幾度も焦点を失いかけた。白い横顔は常にも増して血の気を失っている。薄い唇の間から、乱れた吐息がこぼれる。過度に消耗した体で、無理矢理《浮遊》を使っているという理由だけではなかった。

耳の奥にまだ魔物のおぞましい呼気が、戦慄するうなりが、地を震わす足音が聞こえるような気がして、ウィステリアの唇は震えた。

半ば朦朧《もうろう》としながら飛び続ける。決して振り向かず、止まらなかった。

――止まれば、またあのおそろしい魔物の群れの中に飲み込まれる。そのおそれが、極度に消耗した体を追い立てた。

風の音にまじり、時折空中の瘴気が反応して小さな音をたてる。

永遠の拷問にも思える時間が流れる。

やがて暗い空の中に見知った巨木の影が見えたとき、ウィステリアの体から一瞬力が抜けた。がくんと体が大きく沈む。

『気を抜くな！　あと少しだ、力を振り絞れ！』

サルティスの厳しい叱咤に、ウィステリアは震える唇を噛んで制御を取り戻した。

この世界でもっとも見慣れた場所――枯れた巨木の頂上に来る。巨大な幹の中に墜落しそうになるのを、無心で魔法を維持しながらゆっくりと落下していった。幹の内部は、魔力に反応して実体を失う。

――かすむ視界に、底知れぬ闇の中を落ちていくような錯覚がしてウィステリアは小さく震えた。

長い時間そうして下っていったような気がした。

そして天井を抜ける。幹の中にできた拠点。一人と一振りと、そして一体が住んでいた場所――居間。

天井に埋めた石を魔力で発光させる余裕もなく、ウィステリアの体は暗い床に叩きつけられた。

サルティスが放り出されて床を滑る。

鈍い痛み。頭が揺れるような感覚がウィステリアを襲った。頬を擦る床とかすかな塵芥。立ち上がろうと、あるいはサルティスを取ろうと手を動かす。袖は黒ずんで破け、その黒ずみが手首や指にまで及んでいる。

握った手に力を入れ――それが、限界だった。

「う、ぁ……っ」

倒れて手をかろうじて握りこんだまま、ウィステリアの喉から言葉にならないうめきが漏れた。

背を向け、振り払おうとしていたものが追いつく。押し寄せてくる。

――コーラル。

「あ、あぁあああ……っ!!」

喉が破れるほど叫んだ。何もつかめない拳を開き、床に爪を立てた。抉ろうとしてかなわず、また拳を握って叩きつけた。何度も、何度も叩きつけた。その手に感じる痛みの熱さえわずらわしかった。

居間と定めた木の洞に、血を吐くような叫びと拳を叩きつける鈍い音が反響する。

その反響がすすり泣きに変わり、やがて拳を叩きつけるだけの力もなくなると、ウィステリアは伏したまま嗚咽《おえつ》し続けた。体を震わせて泣くことはできても、立ち上がる力はもう残されていなかった。

すすり泣きがか細くなり、濡れた頬に乱れた黒髪が張り付き、ウィステリアの意識に濃い靄《もや》がかかりはじめる。

黙していた聖剣が、抑えた声を頭の中に響かせた。

『……寝台に行け。そこでは休息にはならん』

ウィステリアは、横たわったまま鈍く頭を振った。怒りや慟哭《どうこく》まじりの感情が反発となり、聖剣に従うことを拒ませた。

――コーラルをあんな形で死なせて、自分は何事もなかったかのように休んで生き長らえろというのか。

腹を焼くような怒りと慟哭が、自分を休ませるなどという行為をひどく嫌悪させる。

だが、サルティスはそれを見透かしたように冷厳な声で発した。

『イレーネ。お前がここで自らを罰したところで何の意味もなさない。あの《大蛇》を今度こそ討つつもりがあるなら――』

瘴気の残滓に汚れた手が、小さく震えた。その手が握られる。

ウィステリアは強く唇を噛んだ。――今は何も聞きたくなかった。

その思考が伝わったのか、聖剣は沈黙の間を置いた。それから、かすかに温度を滲ませた声で続けた。

『……あの獣を弔いに行く意思があるなら、一刻も早く己の身の回復につとめろ。お前が今すべき唯一は、休息をとることだ』

伏して強ばっていた肩が揺れた。ウィステリアは濡れた目を見開き、ほつれた髪に乱された視界で、暗く薄汚れた床を見た。

あの獣。コーラル。――あんな姿にされて、なのにそのまま、置いてきてしまった。

せめて骸《むくろ》だけでも取り返さなくてはいけない。あんなところに置いてきてはいけない。

ウィステリアは痙攣《けいれん》する腕を床につけ、鈍い動きで上体を起こした。そのまま立ち上がろうとしたとき、不安定に積み上げたものが崩れるように体が崩れ落ちた。再び床に叩きつけられ、息が止まる。

『イレーネ。……今は、休め』

頭の中に響く声は、これまで聞いたことのないものだった。――遠く、淡い労りと憐れみさえ滲ませたような。

ウィステリアはこみあげるものを唇を強く閉ざして堪えた。喉が震え、また嗚咽がこぼれる。滲んで熱くなった目から再び溢れるものがあった。なんとかそれを手で拭い、鈍い動きで上体を起こした。座り込んだ姿勢のまま床を這い、弾き飛ばされた聖剣に手を伸ばす。引き寄せて胸に抱え、そのまま寝室まで這う。

——手を貸してくれるものも、支えてくれる誰かもここにはいない。鼻先でつついて動きを促してくれた魔物、衣の端を口で引っ張って促した稀有な魔物はもういなくなった。

汚れた手で触れることを許さないはずの聖剣だけが、今は黙ってウィステリアの側にあった。

溺れる者がすがるように、ウィステリアはかろうじて寝台にたどりつき、サルティスを抱えたまま重い体を放り出した。

涙に汚れた顔で、乱れた呼吸を繰り返す。寝具の冷たさがひどく体を苛み、唯一自分の側にいる聖剣を全身で抱え込んだ。

もう何も考えたくはなかった。

強く目を閉じ、意識が暗いところへ落ちていくままに任せる。

——ひとりは、もういや。

このまま、目が覚めなくてもいいとさえ思った。

意思はすべてを投げ出しても、ウィステリアの体は別の生き物のように動いた。

止まることも永遠に眠り続けることもできず、浅い覚醒を繰り返す。体が燃え盛る炉になったかのようにひどく熱かった。喉の渇きを覚え、生命活動に必要なもののために体を動かそうと本能が強制していた。

渇き、夢なのか現実なのかわからないまま手を伸ばす。まどろみに囚われたまま、あの温かな獣の感触を求めた。

だがさまよう手は何も触れない。

体が寝台から落ちる。頭が揺れ、床から冷気が伝わって全身を苛むようだった。部屋の外の調理台――水場までの距離はひどく遠い。何度も倒れ、意識も途切れた。

サルティスの、動けというただその声と本能だけがウィステリアの体を動かした。

薄汚れた床の上で何度も途絶と浅い覚醒を繰り返しながら、ウィステリアは調理場まで這い、しがみつき、獣のように水を飲んだ。水しぶきが喉に、胸元にかかる。冷たい感触だけが一瞬鮮やかだった。それから這って寝台に戻り、また泥のように眠った。


――途切れ途切れに見る夢。特別ではない、いつしか日常になった記憶の一欠片を見る。

そこは居間で、くつろいで椅子に座るウィステリアの側に、体の側面を向けて座る《緋色狼》の姿があった。

『おいイレーネ、油断するな！　怠けるな!!　その獣が来てからというもの、甚だしく弛んでいるではないか!!』

サルティスがいつものような小言の声をあげている。ウィステリアは半分聞き流しながら、コーラルと名付けた緋色狼の毛を撫でた。この拠点に連れてきて全身を洗わせることを許してくれたいま、野の獣特有の臭いは軽減され、元より目を引いた体毛が一層美しくなっていた。

見た目だけでなく、手触りも素晴らしかった。一度触れれば離れがたく、一日中梳《す》いていたいとさえ思ってしまう。コーラルが嫌がる素振りを見せなければ、本当にそうしていたかもしれない。

横を向いて座る首から肩を飽きずに撫でていたとき、ふいにコーラルが身を起こした。ウィステリアは触れていた手を跳ね上げた。

「あ、すまない。嫌だったか？」

思わずそう声に出すと、コーラルは四肢をついて立ったまま、じっとウィステリアを見た。ぴんと立った耳に、吸い込まれそうな輝きをした双眸は真っ直ぐにウィステリアを捉えていた。その鼻先がふいにウィステリアの上衣の裾に寄せられ、軽く口に咥えて引っ張った。鋭い牙で引き裂かないよう、絶妙に加減されている。

「な、なんだ？　……もう寝ろって？」

ウィステリアは思わずそう声をあげた。コーラルが言葉で答えることはもちろんない。声一つあげず、ただ不思議な知性を感じる目でじっと見上げてくる。

ウィステリアが半信半疑で椅子から立ち上がると、コーラルは服の裾を引いて寝室へ向かおうとする。

「わかったよ！」

ウィステリアは笑いまじりに答えながら、内心でひどく感心した。

（なんて頭のいい子なんだ）

コーラルは、こちらの疲労を見抜いているらしかった。――日中、魔物との戦闘があったことを覚えていて、その意味を考えることまでしているのだろう。あるいはコーラルも共に戦い、疲れを感じているからかもしれない。

ウィステリアはテーブルの上のサルティィスを取り、寝室に向かう。するとコーラルが裾を離した。コーラルもウィステリアの後をついて寝室に入り、寝台の側までくると今度は身を伏せて休む姿勢になる。

ウィステリアはサルティィスを寝台の下部の台座に置き、自分も寝台に潜った。寝具の中で身じろぎし、体はコーラルのほうへ向く。丸くなった獣の、しなやかで美しい後頭部と背中が見えた。後ろ姿を見せているということは、信頼の証だと感じる。

ウィステリアは自然と微笑み、そして半ば無意識に白い手を伸ばしていた。美しい赤色の毛に手を潜らせ、コーラルの首から背を撫でる。稀有な魔物は振り向かなかったが、拒むこともなくウィステリアの思うがままにさせた。

柔らかく滑らかな体毛と熱い体温は、ウィステリアをうっとりさせた。だが、毎晩こうして触れてしまうのはそれだけが理由ではなかった。

触れる手から直に感じる、自分以外の生き物の存在。

――ひとりじゃない。

触れる体に、その体温に何よりも慰めを与えられていた。

この地に来て、サルティス以外にはじめて生命の実感を与えてくれる存在だった。だから手を伸ばすことをやめられなかった。それに、コーラルははじめこそ驚いたように身を引いたが、すぐにウィステリアが触れるのを受け入れ、自ら側に近寄るようにもなった。

コーラルが自分と同じ考えなのかはわからないが、少なくとも耐えがたいほどの不快は感じていないようだ。あるいは、完全にひとりでいるよりは、他の生き物と一緒にいるほうが安全で便利だと感じているからかもしれない。

寝台に横たわりながら、ウィステリアは眠りに落ちるまでコーラルを眺めた。闇の中でも、鮮やかな毛は火のようにうっすらと浮かび、その温かさまで伝わってくるようだった。

――同じ渇き。同じ熱さ。けれどもっと熱い。体の奥はひどく冷たい。何かが燃え尽きて灰になったかのように。

かつてディグラと戦ったときと同じ感覚のようでいて、決定的に違った。もっと重く、冷たい。

ウィステリアの意識は夢と現実の間をさまよった。深く暗い水底に沈んでいるような感覚だった。その水底からふいに意識が浮かび上がるとき、遠くに何かの音が聞こえるような気がした。しかしそれが何なのかはわからず、考えることもできなかった。一滴の葡萄酒が水の中に落ちたように、意識はひどく薄く拡散していく。

――体だけがかつてと同じように、再び意識を置き去りにして生きようとする。渇きを訴え、眠りを揺さぶる。

起きなければいけない。水場に行かなければならないと体が訴える。調理台。見えない。わからない。ここはどこなのか。近くに、水場は。

起き上がらなければ、飢え渇いてそのまま死ぬ。自分で立ち上がり、手を伸ばさない限りは。

頭ではなく、体の感覚がウィステリアを動かそうとする。かつて伏したときに、這いずって水場に向かったときのように駆り立てる。

手を、動かそうとする。白い手は布の中を鈍くさまよう。慣れた、寝床の感触。体にかけられた寝具から手が這い出て、冷えた空気に触れる。

その冷たさがひどく耐えがたいものに感じ、脆い意識を砕こうとした。

——指先は、一緒に暮らした魔物の感触を求めた。あの温もり。生命の熱。

だが求めるものを得られず指が止まったとき、ふいに熱いものに触れた。冷えた指先が、びくりと震える。触れた先は知らない感触だった。わずかな弾力と硬さがあり、こちらの手を包み込んでくる。

包んでくるものはひどく熱く、強く、凍えた指が溶けていくようだった。

そんなものはありえない。

なのにその熱と強さに、ウィステリアの体は弛緩する。苛まれて凍ったものが、熱でほどけてゆく。

白い手は握り返そうとして、だが力が入らずに意識が途切れた。それでも、手を包む熱は長く残っていた。

そうして何度も落ちては浅く浮かび上がる中で、ウィステリアは厚い膜を通したような感覚でそれを捉えた。

――動かせない体を抱き起こされ、唇に固いものが触れる。隙間から冷たく甘い水が少しずつ流れ込んでくる。喉につかえればその水は止まり、うかがうようにまた間を置いて流れ込んでくる。甘い水は体中に浸透し、体を駆り立てていたものが急激に薄らいでいく。意識が再び完全な闇に落ちる。――その寸前まで、体を抱える熱をずっと感じていた。

三度四度と浮上と沈降を繰り返した。

引きずり込まれるような眠りから逃れられず、目を開けることもできないのに、淡い熱が側にあるのを何度も感じた。ほのかな感覚。視線のようなものだと一瞬気づく。あの美しい毛並みの魔物――違う。ありえない。コーラルはもう。

聖剣の温度ではない。気配が違う。音が違う。

重く暗い眠りの中、遠くかすかに聞こえている音がある。耳ではなく、もっと奥深くのどこかで聞いている。

――イレーネと、何度も自分を呼んでいる。

答えようとする。だが声が出ない。動けない。浅く覚醒したのも束の間、暗いところへ再び引きずり込まれていく。

途切れる間際、ウィステリアの意識に、泡沫《ほうまつ》のように浮かんで弾ける意思があった。

次は、きっと答える。目を開ける。自分をずっと呼んでいる、この声と熱に――。

あとがき

「恋した人は、妹の代わりに死んでくれと言った。」四巻をお買い上げいただきありがとうございます。作者の永野水貴です。
応援してくださったみなさまのおかげで、無事に四巻をお届けすることができました。ありがとうございます！

今回はほんの少しネタバレを含むあとがきになりますので、あとがきを先に読まれる方はご注意ください。

二巻の内容を書いていたときに、「私の弟子に手を出した罪は重いぞ！」というウィステリアの叫びが聞こえて、その言葉で三、四巻にあたる話ができあがりました。（この他に、いくつかコアとなるセリフがあったりもします）
もともと三巻の内容として考えていたのですが、想定よりだいぶ長くなり、二冊分（以上）の量になってしまいました。が、商業の世界なので、二冊分を書籍で出せるかは売上げ次第。三巻が出ても、状況次第で四巻が出せない可能性は十分にありえまして……。
戦々恐々としつつも、内容的に一冊にするのはどうしても無理だと思ったので、わがままを言って現在の形になりました。この形での刊行を許してくださった出版社さんにとても感謝しております。三、四巻は上下巻のような構成になっておりますので、一続きの展開として捉えていただけたら幸いです。

そしてなにより、四巻が出せたのは応援してくださるみなさまがいたからこそです。

この四巻は、一巻、二巻、三巻があったからこそできた話でした。自分の大好きなもの、面白いと信じるものが強く出ています。

それを形に出来たことがとても嬉しく、応援してくださるみなさまに心より感謝申し上げます。

書籍を買っていただくだけで非常にありがたく応援になるのですが、温かなお手紙をいただいたり、投票企画で投票していただいたり、SNSなどでおすすめしていただいたりもして、熱い応援がとても心強く、光栄に思います。続刊への大きな力になっております。

また前巻と同様、この四巻も紙本版と電子書籍版でそれぞれ専用特典がついています。できるだけ、どの媒体を選んでいただいても特典がつくようにがんばりました。

公式オンラインストア限定SSなどもありますので、よろしければチェックしてみてくださいませ。

家守まき先生によるすばらしいコミカライズも連載中ですので、そちらもぜひ。

私の信じる「面白い」が、一人でも多くの方の「面白い」になれますように、そしてこの先も届けられますようにと祈りつつ。

二〇二二年十二月　永野水貴

コミカライズ第1話

【巻末おまけ】

漫画：家守まき

原作：永野水貴

キャラクター原案：とよた瑣織

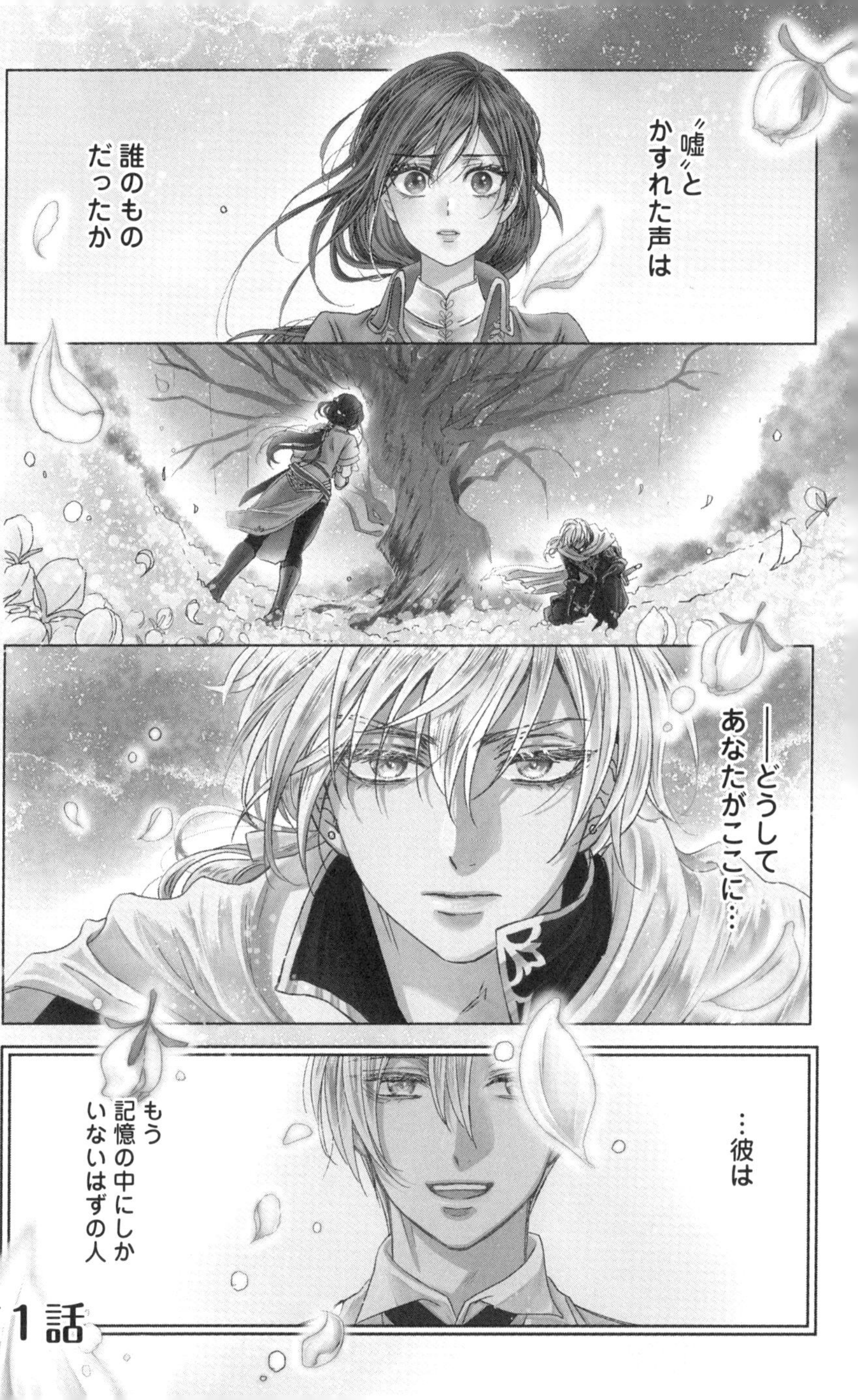
〝嘘〟と
かすれた声は
誰のもの
だったか
――どうして
あなたがここに…
…彼は
もう
記憶の中にしか
いないはずの人

第1話

恋した人は、妹の代わりに死んでくれと言った。
@COMIC
妹と結婚した片思い相手がなぜ今さら私のもとに？と思ったら
1
漫画：家守まき
原作：永野水貴
キャラクター原案：とよた瑣織
Maki Yamori
Mizuki Nagano
Saori Toyota

彼と出逢ったのは私がまだ7歳の頃のことだ
ウィステリア！ロザリーもこちらへ
なんでしょう お義父さま お義母さま

お前たちに会わせたい方がいてね
私ウィステリア・イレーネは事故で両親を亡くし
はい…っ
善良伯と名高いこのラファティ家に引き取られたばかりだった
これからお会いするのはルイニング公爵家のご子息でね
お優しくて面倒見のよい方だけど
失礼のないように

お待たせしました
ブライト様
わあ…
キラキラした方…
こちら娘のロザリー・ベティーナとウィステリア・イレーネです
キョトンとしてる
私の毛色がラファティ家と違うから？
君がウィステリア？

ずい
珍しい目の色だね
よく見せて
!?!?!?
ちちち近い…っ!!
…ああ
――なんて綺麗な色なんだろう
その日から

私の世界は変わってしまった
——13年後
——もう信じられない!!

王妃主催のお茶会なんて
ロクなものじゃないわ！
ロザリー・ベティーナ＝ラファティ（17歳）
慎みなさいロザリー ウィステリアを見習って！
！！
王宮は大変そうね…
ウィステリア・イレーネ＝ラファティ（20歳）
陰険よ陰険ドロッドロ！！
ガッ
こらこらロザリー
ロザリーがここまで怒るなんて

もしかして…
私のことだったら何言われても無視していいのよ
ウィス姉様は優しすぎるの!!
やっぱり…
グロワール・マリーのケーキも買えなかったし
今日は散々!!
ぐびッ
はしたないぞロザリー
もう少し落ち着きなさい!
ロザリーったら…
くす
優しい家族に囲まれて
私の人生は概ね順調だった
おやすみなさいロザリー
ねぇウィス姉様
どうしたの?

やっぱり その…
魔法の研究…は やめたほうがいいんじゃない？
ああ…
そのことを 言われたのね
魔法
このマーシアル王国では 一握りの者だけが 魔法を使える
それも貴族に偏《かたよ》っており 研究を支援する 貴人も多い
だが その根源に 関わる《未明の地》

その研究だけは忌避されている
《未明の地》の研究は
私にとっては必要なことなの
…ごめんなさい
ロザリー…
わわかってる
お姉様が自分から
お願いするなんて
滅多《めった》にないし
応援したいの
だけど…
早く成果を
出せるようがんばるわ
急かす
つもりじゃ…
ロザリー

わかっているわ
ウィス姉様…
…そうよね変なこと言ってごめんなさい
明日の夜会は素敵な方と出会えるといいわね
!
まぁ
エスコートがあの方っていうのが不安だけど…
はぁ…
ロザリー!
ふふ
おやすみなさい
もう
おやすみなさい
——…夜会

貴族の集まる
社交場は政治的な
場でもあり
男女の出会いの
場でもある
そのため
わあ…
ウィス姉様
綺麗…!!
私も度々
参加している
本来は結婚
するべき年齢
なんだけれど
どうしても諦め
られない人がいる
変じゃない
かしら…
とんでもない
綺麗だよ
ウィステリア
旦那様

ルイニング公爵家のブライト様がいらっしゃいました
どうしても諦められない人…
…ブライト
ウィステリア
私の初恋

――ああ
月の女神が私のもとに降りてきてくれた
ブライト・リュクス＝ルイニング（24歳）
〜〜〜っ
カァァァ
今日の夜会は君の崇拝者が列をなすね
あぁあなたも…その
すすごく素敵で…っ
か顔が見れない…!!
おっと

ロザリー
元気そうで何よりだ
…何よ その姉様に対するのと明らかな温度差は
ウィスは盛装していて今の君は違うだろ？
あ
…もしかして
妬《や》いてるのかな？
可愛いな
う…うわっ!!
軽薄！最低だわ!!
ロザリーったら…

…ズキ
さて
ハッ
行こうか
ウィス
え
ええ…
——本来なら
ブライトは…
ルイニング公爵家
次期当主は
こうして
手を触れていい
存在ではない

ラファティ家は
伯爵で身分に
差があるけれど
現ルイニング公と
お義父様が元々
親しかったから
私とも
親しい友人として
接してくれる
それはとても
幸運なこと
だけど
それ以上を
望める
資格が
ほしい…
ザワ
ワ
ワ

いらしたわ！
ルイニングの〝生ける宝石〟ブライト様…！
ザワ
ザワ
なんて麗《うるわ》しいの…！
……でも
なぜあんな魔女のような女と……！
聞こえてるのよ…
伯爵家の…しかも養子の分際で…
魔法の研究に明け暮れてるそうじゃない
ええ
それも
《未明の地》の研究を…

《未明の地》!?
あんな忌《い》まわしい地を研究するなんて…
いよいよ魔女じゃない!
ウィス 顔を上げて
君の綺麗な瞳を見せて
地上に舞い降りた美しい人
最初の曲をお相手する栄誉を
私に与えてくれますか?
——ああ…

あなたは
いつもそう
私の世界を
なんの見返りも
求めず
明るく
照らす
!
…この想いを

伝えられたら どんなにいいか
あなたが 好き
ありがとう ブライト もう大丈夫
だが…
……
たしかに君を 独り占めする わけにいかないか
わかった! でもすぐ 戻るよ
今宵《こよい》のあなたは 一段と麗しいですな ウィステリア嬢
この声…
お上手ですこと ケネス様
本心ですよ 麗しの魔女殿

またあの貴公子殿が同伴とは
あの方はなんでも手に入れるおつもりか
ああ でも
唯一魔法の力は手に入れられませんでしたね
…!
ああ! …いえ こんなことを言う者がいてね
ルイニングは高貴にして超越した力を持つ者の称号
魔法なくしては〝ルイニングの出来損ない〟と――…
あなたは…っ
キャアアアア…ッ!!

ザワッ
?
!?
ブオオッ

危ない!!
ブライト!!
っ!!

グニャ
──《吸着》!!

…!
ジュウウウゥ…
消せた…
ザワ
ザワ
さすが
魔女殿が
いらして
幸運でした
!
あなた
まさか…!!
ウィス!!

大丈夫か⁉
ケガは…
あ…
私は大丈夫
あなたのほうこそ…
…すまない
君を守るために
同行したのに
すごいな君は…
…魔法が
使えない

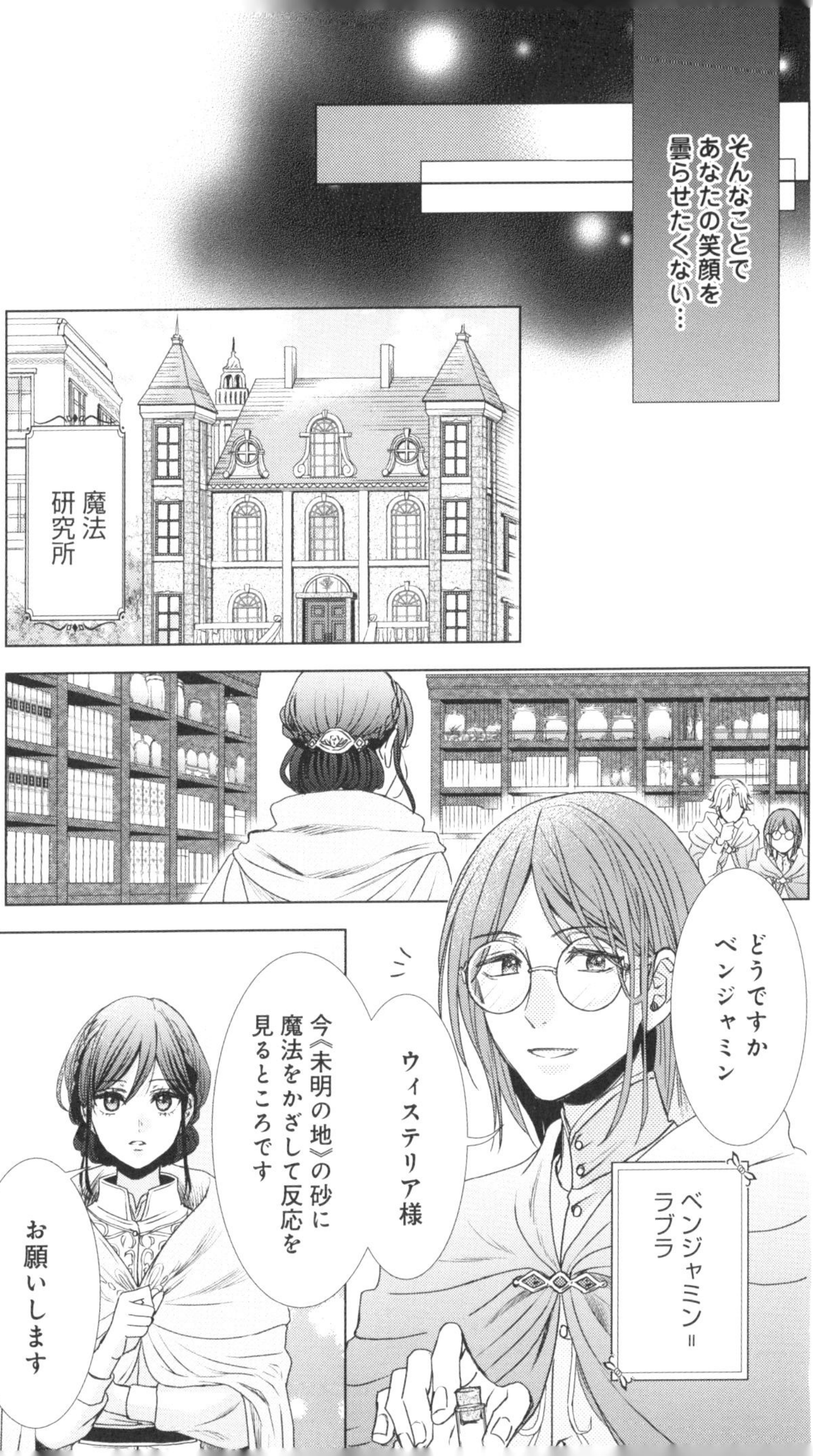
そんなことで
あなたの笑顔を
曇らせたくない…
魔法研究所
どうですか
ベンジャミン
ベンジャミン＝ラブラ
ウィステリア様
今《未明の地》の砂に
魔法をかざして反応を
見るところです
お願いします

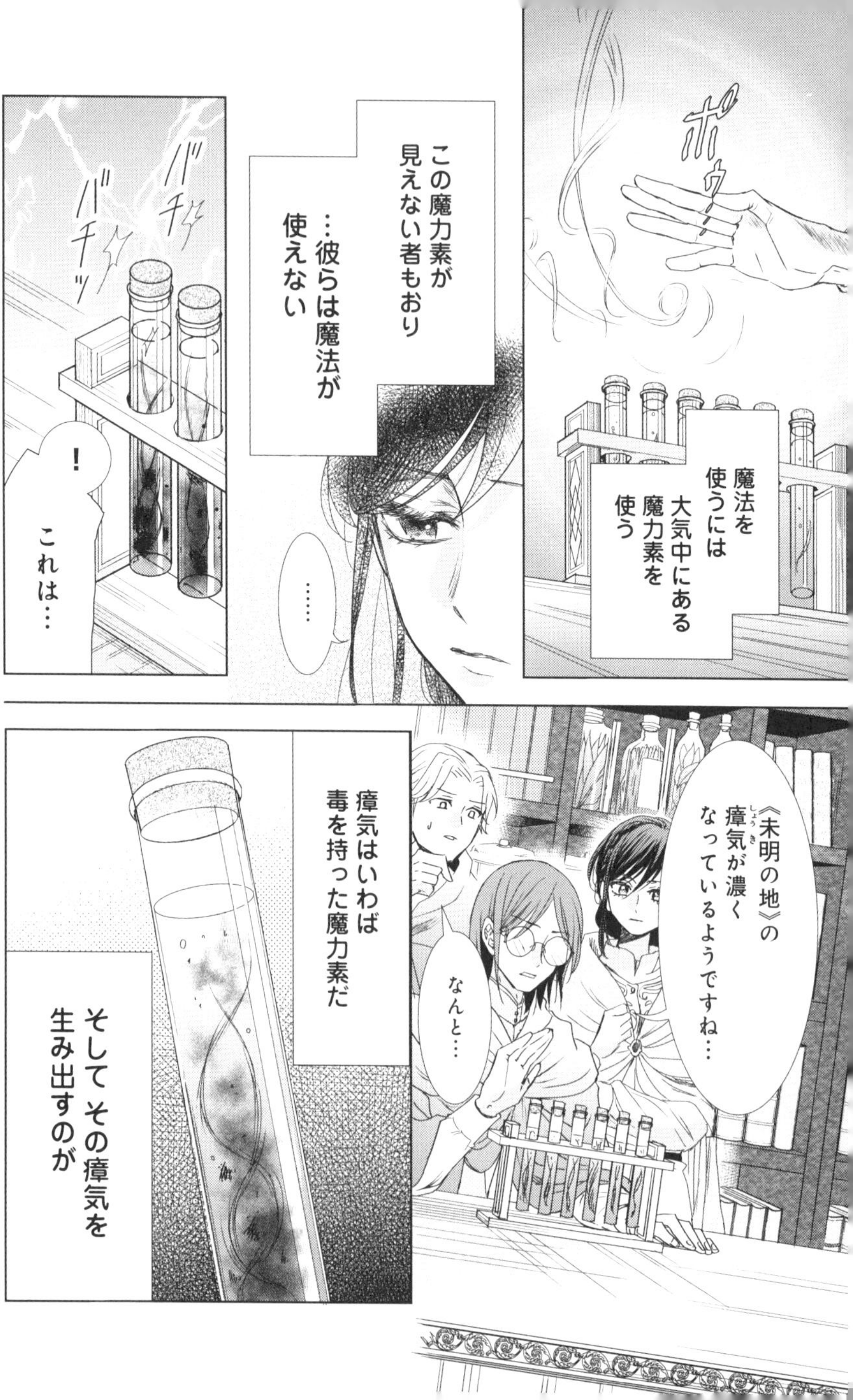
魔法を使うには 大気中にある魔力素を使う
この魔力素が見えない者もおり
…彼らは魔法が使えない
……
!
これは…
《未明の地》の瘴気《しょうき》が濃くなっているようですね…
なんと…
瘴気はいわば毒を持った魔力素だ
そして その瘴気を生み出すのが

《未明の地》――
普段この世界と交わらぬところにあるその地は
常人には耐えられぬ瘴気に満ち
その瘴気に適応した怪物どもが跋扈《ばっこ》する死の世界と言われている
そんな地を研究していれば
魔女
と言いたくもなるでしょうね
瘴気はこちらの世界に漏れ出し変質し
魔力素になるんでしたね
ええ
瘴気が強くなれば魔力素も強くなります
魔力素の元が瘴気
瘴気を生むのが《未明の地》
…だというのに

《未明の地》は未だ謎だらけ
研究し甲斐がありますね!!
そうね…
〈魔力素〉〈瘴気〉〈未明の地〉
この関係性が解明できれば
成果次第では国からも
大変な栄誉を与えられる
そうなれば
ラファティ家に大恩を返せる
そして
ブライトも魔法を使えるようになるかもしれない

胸を張って
あなたが好き
あなたを求めることができる
はーー
いっそ《未明の地》でじっくり研究したい…
!?
いやいや！《未明の地》で長居したら死にますよ!?
瘴気の耐性を研究すれば…
研究に命張りすぎですベンジャミン殿!!
というか…
——瘴気が濃くなると《未明の地》の番人が選出されるのでは
番人…

濃くなった瘴気を調整するために《未明の地》に行き
二度と戻らぬ人
つまりは
生贄《いけにえ》ーー…
そうならないためにも研究を進めましょう
…ですね！
すっかりお昼になってしまったわ
お嬢様
このままお帰りでよろしいですか？
そうね…
あ
グロワール・マリーのケーキも買えなかった

グロワール・マリーに寄ってくれる？
さすがは人気店ですね
テラスもあるのね
！
え…
もう!!
私の赤毛を褒めるなんて白々しいわね！
ロザリーと…
どうして？
君のその赤毛は優しい色で

とても綺麗だ
ブライト…
ぎゅっ…
カァァ
し…
信じられない…!!
ははは
もうっ
本当に
これで魔法まで
使えたら
あなたもっと
いけ好かない人
だったわ!

サー…
!!
ロザリー
なんてことを…!!
お嬢様!?
ロ…
―ふ…

ははは
っ
君は本当に遠慮がなくておもしろいな！
私にそんなことをまともに言うのは君だけだよ
な 何よ！
魔法は関係なくて
あなたの人間性の問題で…
ああ
そういうところだロザリー

…やっぱり帰りましょう
お嬢様…
嫌だ
こんな感情
ロザリーは大事なかわいい妹なのに…
奪わないで…
ぎゅう
急がなくちゃ

早く研究成果を出さなきゃ
ブライトを望んでも許されるほどの
他には何も望まない…
お嬢様！旦那様がお呼びです
なんでも

魔法管理院の方がいらしてるとか…
公的機関である彼らが急に訪ねてくるなんて…
何かしら
まさか私の研究で何かあったのかしら…
それで…どのようなご用件でしょうか
端的に申します
卿のご息女――…

ロザリー・ベティーナ殿が
《未明の地》の番人に選ばれました
――――っ!!

予告
あなたの命、
預けてくれ、
コミックス
第3巻
2023年冬
発売！
漫画：家守まき
!!!!!
“恋した人は”原作シリーズの
TOストアの特典情報はコチラ！

次
巻
師匠。
魔物の《移送》に巻き込まれ"元の世界"に戻った二人を
待ち受ける運命とは――?
孤独な元令嬢×天才肌の貴公子の師弟恋愛ファンタジー!
永野水貴
イラスト：とよた瑣織
恋した人は
妹の代わりに死んでくれと
言った。5
妹と結婚した片思い相手が
なぜ今さら私のもとに？と思ったら
2023年冬 発売!!!

恋した人は、妹の代わりに死んでくれと言った。4
—妹と結婚した片思い相手がなぜ今さら私のもとに？
と思ったら—

2023年6月1日　第1刷発行

著　者　永野水貴

発行者　本田武市

発行所　TOブックス
〒150-0002
東京都渋谷区渋谷三丁目1番1号　PMO渋谷Ⅱ　11階
TEL 0120-933-772（営業フリーダイヤル）
FAX 050-3156-0508

印刷・製本　中央精版印刷株式会社

ISBN978-4-86699-853-4